www.ingramcontent.com/pod-product-compliance
Lightning Source LLC
Chambersburg PA
CBHW070509200726
48293CB00007B/2465

به نام آنکه هستی از او طعم گرفت

این کتاب ،

هدیه ایست بزرگ

به خوبانی که از صمیم قلب

دوستشان دارید.

تقدیم به:

# سلام هم زبان

دستیابی ایرانیان مقیم خارج از کشور به کتاب های بسیار متنوع و جدیدی که به تازگی در ایران نگاشته و چاپ می شود، محدود است. ما قصد داریم این خدمت را به فارسی زبانان دنیا هدیه دهیم تا آنها بتوانند مانند شما با یک کلیک در آمازون یا دیگر انتشارات آنلاین کتاب‌هایی در زمینه های مختلف را خریداری کنند و درب منزل تحویل بگیرند.

**خانه انتشارات کیدزوکادو** تحت حمایت مجموعه آموزشی کیدزوکادو این افتخار را دارد تا برای اولین بار کتاب‌های با ارزش فارسی را که با زبان فارسی نگارش شده است از شرکت های انتشاراتی بزرگ آن لاین مانند آمازون و ایی بی بارنز اند نابل  و هم چنین وبسایت خود انتشارات در اختیار ایرانیان مقیم خارج از ایران قرار دهد.

از اینکه توانستیم کتابهای جدید و با ارزشی که به قلم عالی نویسنده گان و نخبگان خوب ایرانی نگاشته شده است را در اختیار شما قرار دهیم بسیار احساس رضایتمندی داریم

این کتاب ها تحت اجازه مستقیم نویسنده و یا انتشارات کتاب صورت گرفته و درآمد حاصله بعد از کسر هزینه‌ها، به نویسنده پرداخته می شود.

خانه انتشارات کیدزوکادو در قبال مطالب داخل کتاب هیچگونه مسئولیتی ندارد و صرفاً به عنوان یک پخش کننده است. و شما خواننده عزیز ما را با گذاشتن نظرات در وب سایتی که کتاب را تهیه کرده‌اید به این کار فرهنگی دلگرمتر کنید. از کامنتی که در برگیرنده نظرتان نسبت به کتاب است عکس بگیرید و برای ما به این ایمیل بفرستید از هر ۴ نفری که برایمان کامنت می فرستند، یک نفر یک کتاب رایگان دریافت می‌کند.

ایمیل :    info@kidsocado.com

سریال کتاب: P2145110036

سرشناسه: GLM 2021

عنوان: نیم کیلو باش، ولی خودت باش

زیر شاخه عنوان: داستانها کوتاه و شگفت انگیز

پدید آورنده: سعید گل محمدی

شابک کانادا: ISBN: 9781989880432

موضوع: داستانهای کوتاه اخلاقی، موفقیت، خودشناسی

متا دیتا: Short Stories , Self Help

مشخصات کتاب: Paperback

تعداد صفحات: 160

تاریخ نشر در کانادا: اکتبر ۲۰۲۱

تاریخ نشر اولیه: ۱۹۹۰

## Kidsocado Publishing House

خانه انتشارات کیدزوکادو

ونکوور، کانادا

تلفن : ۱+ (833) 633 8651

واتس آپ: ۱+ (236) 333 7248

ایمیل : info@kidsocado.com

وبسایت انتشارات: https://kidsocadopublishinghouse.com

وبسایت فروشگاه: https://kphclub.com

برای کامل شدن باید ناکامل بود؛

برای بقا یافتن باید فنا شد؛

برای غنی شدن باید بخشید؛

برای تصاحب شدن باید آزاد کرد؛

برای دانستن باید به ندانستگی رسید؛

برای همه چیز شدن باید همه چیز را رها کرد؛

برای گویا شدن باید ساکت شد؛

برای سیر خوردن باید گرسنه شد؛

برای ارتقا یافتن باید عمیق شد؛

و برای مشهور شدن باید گمنام زیست!

# نیم کیلو باش

# ولی خودت باش!

اثری دلپذیر و الهام بخش، برای آنان که می‌خواهند
به زبانی ساده به مفاهیمی بلند و عمیق دست یابند!

بعضی از کتاب‌ها قصه می‌گویند تا بخوابیم

و بعضی دیگر قصه می‌گویند تا بیدار شویم!

سعید گل محمدی

## نظرات برخی از اساتید درباره‌ی کتاب  نیم کیلو باش ولی خودت باش

مطالعه‌ی کتابی که بتواند موضوعاتی متنوع، اما مرتبط با درگیری‌های گوناگون ذهنی، عاطفی، رفتاری و اجتماعی ما را با بیانی ساده وکه با همت و تلاش آقای سعید گل محمدی تالیف شده است، شامل «نیم کیلو باش ولی خودت باش» داستان گونه بیان کند، می‌تواند جذاب و آموزنده باشد. کتاب مطالب متفاوت و ارزشمندی است که مجموعه ای گیرا، گویا و رسا را به وجود آورده است. مطالعه ی این کتاب علاوه بر آرامش خاطری که به وجود می‌آورد، گاهی پرسش‌های تازه‌ای را که نیازمند، پاسخ‌هایی جدید است مطرح می‌کند. امیدوارم مطالعه‌ی این کتاب بتواند ما را نسبت به بعضی از نکاتی که به آن‌ها حساس نبوده‌ایم، حساس کند. زیرا خوشبختی و موفقیت حاصل حساسیت، توجه و تمرکز به بسیاری از موضوعات و نکات ساده و بدیهی است که نادیده گرفته می‌شوند.

**دکتر احمد روستا**

**دکترای مدیریت از دانشگاه برادفورد انگلستان**

**رییس شورای سیاست گزاری و دبیر علمی کنفرانس های ملی و بین المللی**

از زمانی که بشر فاتح کهکشان ها و کرات آسمانی شده است، در حالی که زندگی رو به پیچیده‌تر شدن است و مجال فکر کردن و مطالعه بسیار کم شده، جای قصه و قصه درمانی بیشتر از همیشه در میان ما احساس می‌شود. می‌گویند کسی که **خود** را به خواب زده است، با **هیچ "نیم کیلو باش ولی خودت باش"** صدایی بیدار نمی‌شود. و اما اگر می‌خواهید با حکایات جذاب، الهام بخش و انگیزشی از خواب غفلت بیدار شوید؛ کتاب حاضر گزینه مناسبی می‌تواند باشد. به عنوان رییس، بنیاد سخنرانان حرفه ای ایران، بارها با داستان های آثار نویسندۀ لطیف اندیش آقای سعید گل محمدی، اشک را به چشمان میهمانانم هدیه داده و از انرژی مثبت انها بهره برده‌ام. برای این نویسنده ژرف نگر و فرزانه — آقای سعید گل محمدی، عزیز — که یک بار دیگر گل

کاشته و شاهکار دیگری خلق کرده است و همچنین برای تمام خوانندگان این کتاب، موفقیت و بهترین ها را آرزو دارم.

**دکتر احمد حلت**

**روانشناس و مدیر مسئول و صاحب امتیاز مجله موفقیت**

چگونگی انتقال دانش، نظریه ها، مهارت و تجربیات به دیگران از اهمیت زیادی در فرایند آموزش برخوردار است. این موضوع همیشه مورد توجه و علاقه‌ی ویژه‌ی اساتید، نویسندگان و مراکز آموزشی در زمان های مختلف بوده است. بی تردید ماندگاری آموخته ها نیز بی ارتباط به روش انتقال آن نیست. از طرفی علاقه‌مندان به فراگیری نیز دارای شرایط یکسان سنی، روحی و آمادگی نیستند، بنابراین انتخاب یک روش مناسب، فراگیر و تأثیرگذار که بتواند همه ی مخاطبان را تحت تأثیر خود قرار دهد، راز و رمز ماندگاری موضوع مورد انتقال از یاددهنده به یادگیرنده است. بی شک بخشی از دلایل ماندگاری نام بزرگان علم و ادب و آثار آنان در ذهن و خاطر هی مردم در همه ی سطوح و در همه‌ی که حاصل زحمات دوست عزیزم جناب آقای سعید **"نیم کیلوباش ولی خودت باش"** نسل ها ناشی از شیوه ی مناسب انتقال موضوع در آثار آنان است. کتاب گل محمدی است، از این ویژگی ممتاز، یعنی به کارگیری روش مناسب انتقال مقاصد، برخوردار است. پس به لطف خداوند جایگاه خوبی را نزد مردم قدرشناس پیدا خواهد کرد.

**دکتر خسرو صحت**

**مدرس، نویسنده و سخنران**

**دکترای فلسفه ی بازرگانی از دانشگاه بی نالمللی واشنگتن**

یک جامعه ی موفق جامعه ای است که پیوسته در حال یادگیری است. گاهی حتی در جوامعی که درصد کتاب خوانان آن قابل توجه است، شرایط زندگی باعث می گردد آموخته ها را فراموش کنیم یا به کار نبریم. پس لازم است گاهی عواملی نو از جمله کتاب های جدید آموخته ها

مواردی ساده و ثابت شده را به ما نشان می‌دهد که با به‌کارگیری آن در مجموع می‌توان تحولی مثبت **"نیم کیلو باش ولی خودت باش"** را به ما یادآور شوند. کتاب را در زندگی هر شخصی به وجود آورد.

**دکتر کوروش معدلی**

**بنیانگذار ان ال پی آکادمیک، اناگرام و هیپنوتیزم اریکسونی در ایران**

«داستان گویی» و «داستان» پدیده ای است که پیشینه‌ی آن، به قدمت پیدایش زبان و گویش آدمی است چنان که پدران و اجداد ما که درجنگل ها و صحراها و بیابان ها زندگی می‌کرده‌اند و کار عمده‌ی روزانه شان، شکار و شاید پرورش حیوانات اهلی بوده است، روزها بس از فراغت از اشتغالات روزانه و شاید جنگ و ستیز با ایلات و اقوام همسایه، گرد هم می‌نشستند و در اطراف خدایان و کارهای روزانه و دیده هاو شنیده ها و عقاید خود، داستان سرایی می‌کرده‌اند. همچنان که از ابتدای تاریخ، مادران نیز برای سرگرم کردن و گاه خواباندن کودکان خود، از داستان سود می‌جسته اند. در هزاره‌ی سوم میلادی با افزایش سرعت در همه‌ی ساخته های دست بشر، لزوم ایجاد داستانهای کوتاه بر اساس حوصله و زمان اندک انسان امروزی و با توجه به تغییرات بزرگ این دوران و توجه به داستان کوتاه در دو ده ه ی اخیر در ایران و جهان تا بدان جا پیش رفته است که روز ۱۴ فوریه را به عنوان روز جهانی داستان کوتاه نامگذاری کرده‌اند. داستان کوتاه سرگذشت کوتاه و پندآموزی است که در پس نوشته‌ی کوتاه، با تفکر و دقت، معانی ویژه‌ای یافت خواهد شد. کتاب **"نیم کیلو باش ولی خودت باش"** نیز به همت دوست عزیز سعیدگل محمدی، توصیه‌ای است بر آنان که در کوتاه مدت به دنبال معانی عمیق می ‌باشند. امید است به معانی عمیق آن هرچه بیشتر دست یابیم.

**دکتر کامران صحت**

**دکترای DBA گرایش بازاریابی از انگلستان**

**مدرس و مشاور سازمانهای معتبر داخلی و بی نالمللی**

«موفقیت» اصولی ساده و ابتدایی دارد که با آموختن، باور کردن و عمل نمودن دایمی به آن‌ها، پیروزی را در هر زمینه ای برای ما به ارمغان موفقیت با زبانی ساده و حکایاتی شیرین به زیبایی بخشی از مهمترین اصول موفقیت را در آن تجمیع کرده و به شما **« نیم کیلو باش ولی خودت باش »** می‌آورد. مؤلف کتاب کمک می‌کند تا سریع تر به موفقیت هایی که آرزویشان را دارید، برسید. موفقیت روزافزون آقای سعید گل محمدی و تمام خوانندگان این کتاب زیبا را از خداوند مهربان خواستارم.

**دکتر مرتضی احمد یمنش**

**سخنران، مشاور و مربی مدیریت و موفقیت**

**بر پایه ی علوم ذهنی و روا نشناسی مدرن**

« مک میلان » می‌گوید :در پنج سال آینده نیز همین که هستید، هستید. مگر آنکه با خواندن کتاب های خوب و آشنایی با اشخاص سرآمد سرنوشت خود را تغییر دهید در چند سال اخیر کتاب های فراوانی در زمینه ی موفقیت و راه های رسیدن به آن ترجمه و تألیف شده است. این میان نویسنده و محقق جوان و با ذوق، جناب آقای سعید گل محمدی آثاری جذاب و مؤثر را ارائه نموده اند که یکی از این کتاب ها، کتاب **«نیم کیلو باش ولی خودت باش»** است. نویسنده در این اثر با الگو قرار دادن گفتار بزرگان و داستانهای جذاب و مؤثر، خوانندگان را به شاهراه موفقیت کتاب هدایت کرده است.

**دکتر محمد سیدا**

**رییس انجمن تقویت حافظه ی ایران**

عصر حاضر دنیای پند و نصیحت نیست، بسیاری از بزرگان ما پای نقل و حکایت مادر بزرگ ها و پدر بزرگ ها نشسته که اینگونه بزرگ شده اند. اما به مرور با صنعتی شدن و ایجاد خانواده‌های بسته و از طرفی مشغله های مختلف پدر و مادر دیگر خبری از داستانهای شبانه هنگام خواب نیست و خواننده ها به علت ذیق وقت صرفا به یک پند و اندرز سرپایی بسنده می‌کنند.

بررسی‌های روانشناختی بیانگر اثرگذاری وافر داستان ها و حکایت ها در پذیرش و تغییر رفتار است. از طرفی حافظه داستانی بسیار ماندگارتر از حافظه فلسفی می باشد که بیشتر تاکید بر پند و نصیحت دارد. هر یک از ما ستاره‌ی در وجودمان داریم که می‌تواند مسیر زندگی ما را روشن‌تر نماید. از این رو تلاش دوست عزیزم جناب آقای سعید گل محمدی در کتاب حاضر برای تالیف داستانها و حکایات الهام بخش، قابل تحسین است و این داستانها و حکایات می‌تواند اثر زیادی در یافتن این ستاره وجودی داشته باشد.

**دکتر احمد رضا فتوت**

**دکترای روانشناسی صنعتی سازمانی**

داستان های کوتاه و الهام بخش همانند مثلها و ضرب المثلها به راحتی در اذهان توده مردم نفوذ کرده و اثرگذار هستند، در واقع می‌توان ازطریق داستان اهداف و توصیه های موثر و سازندهٔ خود را به صورت غیر مستقیم به دیگران منتقل کرد. در این راستا، از مولف توانمند و ژرف نگر جناب آقای سعید گل محمدی می‌بایست ممنون بود که با تالیف و ترجمه حکایات جذاب و تاثیرگذار به رشد و مثبت اندیشی در شاهکار جدیدشان، کتاب **"نیم کیلو باش ولی خودت باش"** کمک کردند.

**دکتر میرعمادالدین فریور**

**مدیر مسئول مجله روانشناسی شادکامی و موفقیت**

انسان‌ها برای تفهیم معانی درون خود به حکایات، داستان‌های کوتاه و ضرب المثل‌ها روی، می‌آوردند و قطعا برای افرادی که در پی درک و کشف راه موفقیت و معرفت حقیقی را برای انسان، هموار می‌کنند. خویشتن حقیقی شان بودند نشانی های خوبی هستند. حکایات شگفت انگیز کتاب « **نیم کیلو باش ولی خودت باش** » همیشه قدرشناس زحمات دوست فرزانه‌ام

آقای سعید گل محمدی هستم و مطالعه تمام آثار زیبای ایشان را به تمام مردم ایران زمین توصیه می‌کنم.

**دکتر علی شمیسا**

**روان درمان گر و نویسنده**

در روزگاری که کتاب و کتابخوانی رنگ باخته و بی رمق شده است و حتی برگشت هزینه های کتاب، تالیف، تدوین و چاپ آن نیز میسر نمی‌شود، خوشحال هستم که نویسندهٔ فهیم و فرزانه‌ای چون آقای سعید گل محمدی، دل در گروی فرهنگ این دیار بسته و با همه ناملایمات، همچنان پرتلاش نقش خود را در رسالت این آرمان مقدس ایفا می‌کند. این تلاش البته سزاوار تقدیر است، حتی اگر نقدی داشته باشیم که امری طبیعی است، ولی حضور جسورانه، آموزنده و بی وقفه انسان‌های برجسته ای چون آقای گل محمدی ستودنی است. داستان ها و جملات کوتاه و شگفت انگیز کتاب **«نیم کیلو باش ولی خودت باش»** تلنگری است به ذهن دور افتاده از خود انسان‌های این عصر که امید است ما را به خویشتن خود بازگرداند.

**دکتر علی اصغر جهانگیری**

**موسس و بنیانگذار موزه کندلوس**

ما فقط یک بار فرصت زندگی کردن داریم، اما این فرصت به اندازه ای نیست که همه چیز را خودمان به تنهایی تجربه کنیم. بدون شک نگاهی به گذشته و پندها و اندرزهایی که هرکدام حاصل تجربیات ارزشمند و گرانبهای افراد و اقوام و ملت های گوناگون است، به ما این امکان را می‌دهد تا از این اندک فرصت زندگی، به گونه ای موثرتر بهره ببریم و با اطمینانی بیشتر در راه پر پیچ و خم کمال گام برداریم. کتاب **«نیم کیلو باش ولی خودت باش»** که پس از انتشار شصت عنوان کتاب موفق و پرفروش، توست دوست خوبم جناب آقای سعید گل محمدی به رشته تحریر در آمده است، پر است از داستان هایی جذاب و آموزنده که قطعاً می‌تواند در طی این طریق پر از ابهام به سوی موفقیت و کمال، چراغ راه خوانندگانش باشد. امیدوارم شما خواننده

عزیز هم با استفاده از این کتاب و توصیه آن به دیگران، نقشی ارزشمند در راستای اشاعه این فرهنگ داشته باشید.

مهندس سعید وفایی

سخنران و مشاور در زمینه فروش و بازاریابی

مستر بین المللی ان ال پی(NLP Master)

در دنیای امروزی کلمهٔ « کارآفرینی» را زیاد می‌شنویم. اما به واقع شاید معنای اصلی آن در بعضی زمانها برایم ملموس نبوده است. سعی بر آن داشتم تا تعریفی جدید جایگزین این واژه کنم و لذا رویت رفتار و کردار یکی از دوستان بسیار خوبم، تلاشهای مستمر و بی وقفه شان، پینهٔ نقش بسته بر پایین مچ دست و نوک انگشتان این نویسنده جوان، تنها کلمه «ارزش آفرین» را جایگزین و صفت شایسته و بایسته در این راستا قرار داد.

سعید گل محمدی عزیز به عنوان دوستی فهیم و صمیمی و در رسته ای همکار، با نگرش و رویکرد متفاوت خود و با قرار دادن کلمه هایی نه چندان ساده و البته با عنوان داستان در این کتاب و سایر آثار زیبایش، اصل ارزش و ایجاد آن را برایم ثابت نمود و رسالت به دوش قرار گرفته از طرف هر انسان بر روی این کره خاکی را بدین گونه اثبات کرد. شاید برای بنده سخن و سخنوری، سعید عزیز قلم و نگارش و برای خیلی از افراد دیگر ابزار روش ارائه تفکر و تجربه شان بوده باشد، اما تاکنون و در زمان فعلی جهت این لطف سعید گل محمدی شصت عنوان کتاب با رشدی صعودی، خصوصا در این کتاب کاربرد ویژه صفت انسانیت با هر وزن و حجمی تنها حاکی از یک واژه باشد که همانا «انسانیت» است. ( انسانم آرزوست)

مهندس فرخ دیبای اصفهانی

نویسنده و سخنران حرفه ای در دوره های مدیریت بازاریابی و فروش

مشاور صنایع، برند ها و کالاهای لوکس و لاکژری

حضرت علی(ع) فرموده اند: «ارزش هرکس به مقدار دانایی و تخصص اوست» همچنین در حکمتی دیگر از این بزرگوار می‌خوانیم که: « اندیشه‌ی پیر در نزد من از تلاش جوان خوشایندتر است » پس از خواندن این دو جمله‌ی بسیار ارزشمند، کمی فکر کنیم، آیا به راستی در زندگی مان آن قدر سرمایه ی زمانی و روانی و... داریم که بتوانیم همه‌ی تجربه ها را خودمان کسب کنیم؟! بی گمان بهتر است اشتباهات تجربه شده‌ی بزرگان را دوباره تجربه نکنیم، بلکه ادامه دهنده ی راه آنان باشیم. با مطالعه و به کارگیری محتویات قوی، عمیق، به زبان ساده و کاربردی این کتاب، زحمات وسیع و عاشقانه ی هموطن عزیزمان، جناب آقای سعید گل محمدی را ارج نهیم و در خلق زندگی شخصی، خانوادگی، حرفه ای و معنوی و بهبود کیفیت زندگی در جامعه مان سهمی داشته باشیم.

**مهندس منصور همایونی نژاد**

**رییس هیأت مدیره و مدیر مسؤول مجتمع سال ماندیشان خلاق**

**مربی، مشاور و پژوهشگر در حوزه‌ی مدیریت (بهبود کیفیت زندگی)**

# سخن نگارنده

سلامم به گرمای دستت ای دوست

دلم لحظه ای با دلت روبه روست

بگو عاشقی تا سلامت کنم

تمام دلم را به نامت کنم

شهین محمدی

برای نیل به موفقیت و کمال، راه های گوناگونی وجود دارد و جویندگان و پویندگان از دروازه های مختلف به این شهر قشنگ وارد می‌شوند. سخن گفتن و قضاوت درباره این که کدام یک از این راه ها بر دیگری برتری دارد و می‌تواند رهروان آن را زودتر یا بهتر به مقصد برساند، کار آسانی نیست. با نظری به اطراف، به نوشته ها و آثاری بر می خوریم که آکنده از اصطلاحات ناآشنا و نامأنوسند و گاه موجب سردرگمی می‌شوند و رنجش خاطر مشتاقان این مباحث را فراهم می‌آورند. انتخاب راه و روش صحیح در چنین مواقعی برای رهروان جوان بسیار مشکل است و راهنمایی توانا و راه آشنا لازم دارد.

روش های نوینِ ارتقای سطح کیفیت زندگی سعی می‌کنند از طریق ایجاد الگوهای ذهنی نو و باورهای نیروبخش روحی تازه در کالبد فرسوده انسان‌ها بدمند و روحیه آن ها را از هر نظر تقویت کنند و به آن‌ها نشان دهند که می‌توانند در آینده نگرش و عملکرد بهتری نسبت به رفتار گذشته خود داشته باشند و از نیروی ذهنی و توان بالقوه خود استفاده مطلوب‌تر بکنند.

مطالعات و بررسی ها نشان داده که پذیرش و شکل گیری الگوها و باورهای نو از طریق بخش شهودی انسان، به مراتب مؤثرتر و کارسازتر از سایر قسمت هاست. تأثیر یک مثال رنده یا یک حکایت شیرین و پندآموز بر ذهن انسان یا اثر یک ماجرای تکان دهنده واقعی که عناصرش سلسله نکات بدیع و تجربیات ارزشمند است، بر روح انسان و نظام ارزشی و باورهای او غیرقابل وصف است. به همین سبب بیشتر کتاب ها، سمینارها، دوره های تخصصی اثربخش و ... مزین به این مثال‌ها و نمونه ها هستند که در رهگذر آن باورهای تازه و نیرومند در افراد علاقه مند **ایجاد می‌شود.**

برای مثال، هنگامی که در آغاز قرن بیستم نویسندگانی همچون« تولستوی» و « چخوف »روان و روح قهرمانان کتاب خود را مانند پزشکی روانکاو در قالب داستان تشریح کردند، دنیا به نقش سلامت فکر و اندیشه در شناخت آدمی پی برد و تجربه نشان داد که اگر رهبران برخی از کشورهای جهان در جنگ های جهانی اول و دوم بیمار نبودند، دنیا شاید جلوه ای دیگر و چشم اندازی زیباتر برای زندگی بشر در برداشت.

دکتر «اولیور ساکز» نویسنده و روانکاو معاصر اسپانیایی، یکی از پزشکان برجسته ای است که عقیده دارد آن ها که در نوشتن و، سخن گفتن به روح و روان و درون انسان‌ها آگاهی دارند، بهتر می‌توانند زندگی بشر امروزی را در کتاب ها، سخنرانی ها و افکار عمومی تشریح کنند. او که پژوهش های قابل توجه و گسترد ه ای در این زمینه انجام داده اعتقاد دارد با نقل قصه و داستان به روش مؤثر(قصه درمانی)، می‌توان تأثیرات مثبت و قابل توجه در روحیه انسان‌ها و دیدگاه‌های جهانی آن‌ها نسبت به کار و زندگی به وجود آورد و پیام های سازنده و نیروبخش را به آنان منتقل کرد.

اثر پیش روی شما مجموعه ای از الهام بخش ترین داستان ها، جملات و اشعاری است که نگارنده در طول سال ها مطالعه و تحقیق در دنیای شگفت انگیز موفقیت با آن ها آشنا شده و از منابع مختلف گردآوری یا ترجمه کرده است؛ با این امید که این مجموعه بتواند همان طور که برای خود نگارنده مفید بوده، برای خوانندگان آن نیز قابل استفاده و اثرگذار باشد و شما هم بتوانید در مقاطع مختلف زندگی از خرد و پیام های نهفته در آن برای ساختن یک زندگی خوب، موفق و توأم با شادی سود ببرید. اما فراموش نکنیم که دانستن صرف کافی نیست، باید به آنچه می‌آموزیم متعهد باشیم و آن ها را در زندگی روزمره خود پیاده کنیم.

جملات و اشعاری که در بخش های مختلف کتاب ملاحظه خواهید کرد، از میان بیش از صدها کتاب با دقت و وسواس خاص انتخاب شده است، به نحوی که گاهی با مطالعه یک کتاب فقط یک عبارت! برداشت شده؛ ساعت ها خیره ماندن به صفحه مانیتور و امداد از اینترنت و جستجو در سطر سطر اشعار شاعران یا آثار منثور فیلسوفان، اندیشمندان و روان شناسان بزرگ دنیا چون مولوی، عطار، آنتونی رابینز، ژوزف مورفی، گاندی، مادر ترزا، لوئیز هی و ... در راستای تجسم بخشیدن به یک تفکر بدیع و پویا بوده تا به نوعی احساس حرکت و رویش را در روح انسان پدید آورد و در نهایت تقدیم شما عزیزان می گردد.

اگر فقط یک جمله دل شما را بتکاند و بر نگاهتان نسبت به زندگی اثری مثبت گذارد، بی شک بهان های است برای شکر و رفع کننده تمامی خستگی های نگارنده! امیدوارم این کتاب که حاصل زحمات شبانه روزی چندین ساله نگارنده است، کتابی باشد که شما را به فراسوها ببرد، چون به قول نیچه:

**" کتابی که تو را به فراسوی کتابها نبرد، به چه ارزد "**

و همچنین امید دارم، این دست نوشته پلکانی از نور باشد که شما را به منبع نور راهنما و تعالی روحتان برساند، که بی شک چنین خواهد شد.

خلاصه این که به قول فهیم فرزانه، دکترعلی شریعتی:

**"این تمام چیزی است که می‌توانستیم، نه تمام چیزی که می‌خواستیم"**

در اینجا وظیفه خود می‌دانم از فرزانه‌ای اندیشمند که از سر فروتنی و بزرگواری مایل نیست نامش را ببرم، تشکر کنم. ایشان کم و بیش همه حکایت ها و جملات را خواندند؛ حکایت ها را با دیدن مدارک و منابع اصلی جرح و تعد یل نمودند و تعدادی را هم شایسته این مجموعه ندانستند و کنار گذاشتند؛ در واقع هرچه خوبی و حسن در این مجموعه می بینید از ایشان است و به هر نقص و اشتباهی که برمی‌خورید، از نگارنده است.

امیدوارم خوانندگان فاضل با تذکرات و یادآوری و رهنمودهای خویش موجبات رفع این ضعف ها را نیز فراهم آورند و این مجموعه را پیراسته تر سازند.

اگر تغییر روحی خویش را بعد از مطالعه کتاب برایمان بنویسید و ما را یاری کنید تا برای رسیدن به چکاد کمال، عیوب آشکار و پنهان خویش را بفهمیم، خوشحال می‌شویم.

برایتان دلی عاشق، ذهنی جستجوگر، روحی عصیانگر، نگاهی پرهیزگر و زبانی پرسشگر می‌طلبم.

در پایان چیزی برای گفتن ندارم جز، تشکر از خداوند متعال که هرچه دارم و داریم از اوست.

**به امید روزی که هیچ فردایی**

**در جایی نباشید که دیروزش بوده‌اید**

سعید گل محمدی

# فهرست داستان های کتاب


با رؤیاهایت زندگی کن ......................................... ۳

انسان معلول ......................................... ۴

تمرکز ......................................... ۵

عمر صدساله ......................................... ۵

رقابت ......................................... ۷

اسیر عادت ها نشویم ......................................... ۸

چه کشکی؟ چه پشمی ......................................... ۸

مشکلات را شکلات کنیم ......................................... ۹

خودت را باور کن ......................................... ۱۱

گردو و برج ناقوس ......................................... ۱۱

فرشته و خانم زیبا ......................................... ۱۲

فرصت ......................................... ۱۳

مردم چه می گویند؟ ......................................... ۱۴

بخشش ......................................... ۲۰

مار را چگونه باید نوشت؟ ......................................... ۲۱

کلاغ و گوسفند ......................................... ۲۲

به دل و ذهن دیگران راه پیدا کنید ......................................... ۲۲

آزمون دامادها ......................................... ۲۴

سلطان زندگی خود باشیم ......................................... ۲۶

بخیل و درویش ......................................... ۲۶

این بار اولته! ......................................... ۲۷

ملانصرالدین و سگ شکاری ......................................... ۲۹

کشاورز و شانس ......................................... ۳۰

تخم طلایی ......................................... ۳۱

راه حل مشکل ......................................... ۳۳

انتقام ......................................... ۳۴

هر سخن جائی و هر نکته مکانی دارد ......................................... ۳۷

به تثاتر نرو! ......................................... ۳۷

نه خانی آمده، نه خانی رفته! ......................................... ۳۹

آدم برفی ......................................... ۴۲

شما اشتباه کردید ......................................... ۴۲

تقلید کورکورانه ......................................... ۴۳

امانت کتاب ......................................... ۴۳

از دیگران قدردانی کنیم ......................................... ۴۴

به کجا می روم؟ ......................................... ۴۵

امیدوار باش! ......................................... ۴۷

شهر چاه ها ............................................................. ۴۷

کلمه ایی که اشتباه تلفظ شد ............................... ۵۰

غاز و اسب ............................................................ ۵۱

حکایت دو بذر ..................................................... ۵۳

معجزه باور ........................................................... ۵۴

سبد دروغی ........................................................... ۵۵

زندگی ................................................................... ۵۷

در جستجوی خوشبختی ....................................... ۵۷

تغییر از من شروع می شود ................................... ۵۸

تلاش معجزه می کند ............................................ ۵۹

آنچه برخود نمی پسندی... .................................. ۶۰

ملانصرالدین و گدا ............................................... ۶۱

ترس ...................................................................... ۶۲

ذهنیت منفی ......................................................... ۶۳

کشتی بخار ........................................................... ۶۴

عادت .................................................................... ۶۵

جواب رد را نپذیرید ............................................ ۶۶

عذرخواهی ............................................................ ۶۷

نیروهای درونی را آزاد کنید ................................ ۶۸

وقت طلاست ......................................................... ۶۹

مزد آن گرفت جان برادر که کار کرد .................. ۷۱

جادوی پرسش ...................................................... ۷۱

به دیگران کمک کنیم .......................................... ۷۲

قدرت استقامت ..................................................... ۷۳

شیر هستید یا روباه؟ ............................................ ۷۴

شخصیت موفق ...................................................... ۷۵

رستگاری .............................................................. ۷۷

کاشت درخت ....................................................... ۷۸

گل رز و خارهایش ............................................... ۷۹

اعتماد هوشمندانه ................................................. ۸۰

گفتگو با شیطان ................................................... ۸۲

از دشمن، دوست بسازیم ..................................... ۸۳

دلیل کار نکردن .................................................. ۸۴

ابتکار عمل داشته باشیم ...................................... ۸۴

من همان پسرکم! ................................................. ۸۶

مرد کشاورز و الاغ پیر ....................................... ۸۷

از خود برون آی... .............................................. ۸۸

پول بیشتـر یا جان شیـرین؟! ............................... ۹۲

دروغــگو ............................................................. ۹۳

پاداش مهرورزی — ۹۵

پاسخ پرسش — ۹۶

پس از ما — ۹۷

آتش خشم — ۹۹

دوست غنی، دوست فقیر — ۱۰۳

حکایت دو اسب — ۱۰۳

حلزون درون — ۱۰۵

حکایتی از هوندا — ۱۰۵

باور — ۱۰۶

قدرت تصویر ذهنی — ۱۰۶

تحمل سرما — ۱۰۸

آیا ثروتمند هستید؟ — ۱۰۸

قدرت سؤال — ۱۰۹

قدرت اصول — ۱۱۰

گذشت داشته باش رفیق! — ۱۱۲

فیل و آفتاب پرست — ۱۱۴

ملانصرالدین و الاغ چموش — ۱۱۵

خلاق باشیم — ۱۱۶

موفقیت بهتر است یا ثروت؟ — ۱۱۸

هرکسی آن درود عاقبت کار که کِشت — ۱۱۹

ترس — ۱۲۰

تقسیم کار — ۱۲۱

شهامت گذشتن از گردوها — ۱۲۲

قدرت اشتیاق — ۱۲۳

انتقاد — ۱۲۴

زود قضاوت نکنیم — ۱۲۶

مدرسه کجاست؟ — ۱۲۶

درخت آرزو — ۱۲۷

حکایتی از آبراهام لینکلن — ۱۲۸

خطر نکردن — ۱۳۰

مقاومت در برابر تغییر — ۱۳۰

تغییر کنیم — ۱۳۰

عادی بودن — ۱۳۱

سخن آخر — ۱۳۴

# با رؤیاهایت زندگی کن

روزی روزگاری دو برادر در کنار هم زندگی می‌کردند. خانه آنها در طبقه هشتادم یک، برج مسکونی قرار داشت. روزی وقتی به خانه برمی‌گشتند در کمال ناباوری متوجه شدند آسانسورهای برج محل زندگی شان از کار افتاده‌اند و ناچارند از پله ها بالا بروند تا به طبقه هشتادم برسند. بعد از رسیدن به طبقه بیستم، هر دو که به شدت خسته شده و به نفس نفس افتاده بودند، تصمیم گرفتند کیف های خود را همانجا رها کنند تا بارشان سبک شود و روز بعد آن ها را بر دارند.

از این رو کیف های خود را در همان طبقه رها کردند و از پله ها بالا رفتند. وقتی به طبقه چهلم رسیدند برادر کوچک شروع به غر زدن کرد و دعوایشان شد. در حال دعوا و مشاجره از پلکان بالا رفتند تا این که به طبقه شصتم رسیدند. وقتی متوجه شدند فقط بیست طبقه دیگر تا خانه شان باقی مانده دست از دعوا و مشاجره کشیدند و در آرامش به راه خود ادامه دادند. سرانجام به طبقه هشتادم رسیدند. آن ها منتظر بودند تا دیگری در را باز کند، اما یادشان آمد که دسته کلید را داخل کیفی که طبقه بیستم رها کرده‌اند جاگذاشته‌اند!

**نکته:** این داستان زندگی ما آدم هاست. بسیاری از ما در جوانی مطابق توقعات و انتظارات والدین، آموزگاران و دوستان خود زندگی می‌کنیم. بندرت برای انجام کارهایی که واقعا دوست داریم فرصت پیدا می‌کنیم و تا بیست سالگی چنان تحت فشار و استرس هستم که خسته می‌شویم و

تصمیم به رها کردن این بار سنگین می‌گیریم. بعد از رهایی از فشار و استرس، به طور خود انگیخته مشغول تلاش می‌شویم و آرزوهای بلندپروازانه و جاه طلبانه در سر می‌پرورانیم.

وقتی به چهل سالگی می‌رسیم امیدها و آرزوهای خود را کم کم از دست می‌دهیم، دچار احساس نارضایتی می‌شویم و شکوه و شکایت و انتقاد را آغاز می‌کنیم. طوری با درماندگی به زندگی خود ادامه می‌دهیم که هرگز احساس رضایت و خرسندی را تجربه نمی‌کنیم. وقتی به شصت سالگی می‌رسیم تازه متوجه می‌شویم که فرصتی برای شکایت باقی نمانده و در آرامش و سکوت به زندگی خود ادامه می‌دهیم.

تصور می‌کنیم چیزی برای ناامیدکردنمان وجود ندارد اما ناگهان متوجه می‌شویم نمی‌توانیم به آرامش برسیم، آرزویی که شصت سال قبل به حال خود رهایش کرده ایم. پس همین حالا، طوری به دنبال رؤیاها و آرزوهای خود بروید که عمری را در حسرت و پشیمانی سپری نکنید.

# انسان معلول

انسان معلول کسی است که دچار نقص فکری است، فردی که اسیر افکار و اندیشه های محدود و منفی است. انسان معلول کسی نیست که نمی‌بیند، کسی است که چشم هایش را به روی فرصت ها و نعمت های زندگی بسته است. انسان معلول کسی نیست که نمی‌شنود، معلول کسی است که نمی‌تواند موسیقی زیبای زندگی و نواهای شورانگیز فرشتگان را بشنود و لمس کند. انسان معلول کسی نیست که نمی‌تواند راه برود، چه بسا انسان‌های به ظاهر معلولی که پا ندارند، اما با درک و شناخت خود اصیل و واقعی شان هفت شهر عشق را در نَور دیده اند.

انسان معلول کسی نیست که دست ندارد، معلول فرد مسئولیت گریز و دست وپابسته ای است که فاقد نیروی ابتکار و خوش فکری برای بن بست شکنی و حل خلاقانه معماها و مسایل زندگی‌اش است.

انسان معلول کسی نیست که دچار نقص عضو است، انسان معلول کسی است که خود را قربانی شرایط زندگی می‌بیند.

و بالاخره انسان معلول کسی نیست که نمی‌تواند حرف بزند، معلول فرد مقلد و بی‌اعتمادبه نفسی است که فاقد نیروی استقلال رأی است. او اختیار و قدرت انتخابش را به دست دیگران می‌دهد تا به جای او فکر کنند و برایش تصمیم بگیرند و بدین وسیله اجازه استثمار و استعمار خویش توسط انسان‌های فرصت طلب را صادر کرده است.

# تمرکز

گلف باز مشهور «بن هوگن» خود را برای یک ضربه حساس و مهم به توپ در جهت سوراخ آماده می‌کرد. در آن لحظه صدای، گوش‌خراش سوت قطاری از دور به گوش رسید.

بعد از این که هوگن توپ را به سوراخ راند، از او پرسیدند:

"آیا صدای سوت قطار حواس شما را پرت نکرد؟"

هوگن پرسید: "کدام صدا ؟"

راب گیلبرت

**نکته:** زندگی مثل بازی گلف است. تمرکز بر روی هدف و عدم توجه به هر چیز که تمرکز ما را به هم می ریزد، لازمه برنده شدن است.

یکی از بزرگ ترین عواملی که تمرکز انسان‌ها را در بازی گلف زندگی به هم می ریزد، صدای سوت قطار انتقادات دیگران است. هرگز اجازه ندهید حرف های منتقدان حسود و رقبا شما را تحت تأثیر قرار دهند تا کنترلتان را از دست بدهید.

# عمر صدساله

شخصی نزد پزشک رفت و از او خواست معاینه اش کند و ببیند آیا مانند، پدرش صد سال عمر خواهد کرد یا خیر. پزشک پس از معاینه پرسید:

"چند سال دارید؟"

مرد پاسخ داد : "پنجاه سال"

پزشک : "به مسافرت و گردش یا ورزش علاقه مند هستید؟"

مرد:" نه، به هیچ وجه"

پزشک:" اهل مطالعه هستید؟"

مرد. "خیر"

پزشک : " آیا برنامۀ آموزشی خاصی برای، آینده تان، دارید؟"

مرد: "خیر"

پزشک: " چه نقشه و برنامه ای برای خود دارید؟"

مرد: " چیز خاصی به ذهنم نمی‌رسد"

پزشک عصبانی شده و به مرد می‌گوید: "پس آقا تشریف ببرید و همین امروز بمیرید! عمر صدساله را برای چه می خواهید؟!"

**نکته**: این داستان زندگی بسیاری از انسان‌هاست. آنقدر که ما نگران کمیت زندگی خود هستیم، نگران کیفیت آن نیستیم.

**چقدر** عمرکردن برای ما مهم تر از **چگونه** زندگی کردن است. همه می‌خواهیم عمر طولانی داشته باشیم، اما اگر کسی از ما بپرسد چه برنامه‌ای برای آینده ات داری و می خواهی در زندگی چه کار ارزشمندی انجام دهی؟ آنجاست که معلوم می‌شود تصویر روشنی ازآینده مان نداریم. فقط یک چیز می‌خواهیم، می‌خواهیم زنده بمانیم. حالا با چه کیفیت و به چه شکل، اصلاً مهم نیست.

مهم‌ترین مسئله در زندگی ما انسان‌ها فقط این است که در پایان زندگی وقتی به گذشته نگاه می‌کنیم حسرت روزهایی را که گذراندیم، نخوریم. افسوس این را نخوریم آن طور که شایسته بوده از فرصت گرانبهائی به نام زندگی استفاده نکرده ایم.

فرزانه ای فهیم گفته است:

آدم وقتی به دنیا می‌آید هزار آرزو دارد. ولی وقتی از دنیا می رود فقط یک آروز دارد؛ آن هم این است که یک فرصت دوباره داشته باشد!

بهترین راهکار برای عدم تجربه تلخ "حسرت" در پایان راه این است که منتظر آن لحظه نباشیم و تصمیم بگیریم هر روز صبح وقتی چشمان خود را باز می‌کنیم، تصور کنیم که امروز آخرین روز و این لحظات، آخرین لحظات زندگی ماست و از خود بپرسیم که اگر امروز به اتمام برسد، از آنچه تاکنون انجام داده ام راضی هستم یا نه؟ آیا کارهایی مانده که باید انجام دهم؟ آیا شرایطی هست که مایل باشم آنها را در زندگی خود به وجود آورم؟

یافتن پاسخ های مناسب و سپس زندگی بر اساس پاسخ هاست که می‌تواند ما را از حسرت بزرگ نجات دهد و افتخار و غرور را جایگزین حقارت و پشیمانی کند و باعث شود نه گریه و غم که شادی و لبخند آخرین احساس و عملی باشند که ما در آن لحظات پایانیِ زندگی تجربه می‌کنیم.

# رقابت

کلاه فروشی روزی از جنگلی می گذشت. تصمیم گرفت زیر درختی مدتی استراحت کند. بنابراین کلاه ها را کنار گذاشت و خوابید.

وقتی بیدار شد متوجه شد کلاه ها نیستند. بالای سرش را نگاه کرد، تعدادی میمون را دید که کلاه ها را برداشته اند.

فکر کرد که چگونه کلاه ها را پس بگیرد. در حال فکر کردن سرش را خاراند و دید که میمون ها هم این کار را کردند. او کلاهش را از سرش، برداشت و دید که میمون ها هم از او تقلید کردند. به فکرش رسید که کلاه خود را روی زمین پرت کند. پس این کار را کرد.

میمون ها هم کلاه ها را به طرف زمین پرت کردند. او همه کلاه ها را جمع کرد و روانه شهر شد. سال ها بعد نوه او هم کلاه فروش شد.

پدربزرگ این داستان را برای نوه اش تعریف کرد و تأکید کرد که اگر چنین وضعی برایش پیش آمد چگونه برخورد کند. یک روز که نوه از همان جنگل می گذشت زیر درختی استراحت کرد و همان ماجرا برایش اتفاق افتاد.

او شروع به خاراندن سرش کرد. میمون ها هم همان کار را کردند؛ کلاهش را برداشت، میمون ها هم این کار را کردند و در نهایت کلاهش روی زمین انداخت ولی میمون ها این کار را نکردند. یکی از میمون ها از درخت پایین امد و کلاه را از سرش برداشت و پس گردنی محکمی به او زد و گفت: " فکر می کنی فقط تو پدربزرگ داری؟"

**نکته:** برای این که در صدر رقابت قرار گیریم، باید در جست وجوی شیوه‌هایی بهتر و متفاوت تر باشیم، کاری که امروز از انجام آن نتیجه می‌گیریم، شاید، فردا نتیجه ندهد.

## اسیر عادت ها نشویم

خارپشتی از ماری تقاضا کرد که بگذارد در لانه او مأوا گزیند. مار پذیرفت و او را به لانه تنگ و کوچکش راه داد. چون لانه مار کوچک بود خارهای تیز خارپشت به بدن مار فرو می رفت و او را اذیت می‌کرد. اما مار از سر نجابت و مهمان دوستی دم بر نمی‌آورد.

سرانجام مار گفت: "نگاه کن که چگونه مجروح و خونین شدم؛ لطفاً لانه مرا ترک کن"

خارپشت گفت: "من مشکلی ندارم. اگر تو ناراحتی می‌توانی لانه دیگری برای خود بیابی!"

**نکته**: عادات ابتدا به صورت مهمان می‌آیند اما دیری نمی گذرد که خود را صاحبخانه می‌نامند و کنترل ما را به دست می‌گیرند. مواظب خارپشت عادات منفی باشید.

## چه کشکی؟ چه پشمی

چوپانی گله را به صحرا برد و در آنجا به درخت گردوی تنومندی رسید. از آن بالا رفت و به چیدن گردو مشغول شد که ناگهان گردباد سختی در گرفت، خواست فرود آید، ترسید. باد شاخه ای را که چوپان روی آن بود به این طرف و آن طرف می برد. دید نزدیک است که بیفتد و دست و پایش بشکند. مستأصل بقعه امامزاده ای را در دور دست ها دید و گفت:

"ای امامزاده گله ام نذر تو تا از درخت سالم پایین بیایم."

قدری باد ساکت شد و چوپان به شاخه قوی تری دست زد و جای پایی پیدا کرده و خود را محکم گرفت.

گفت : "ای امامزاده خدا راضی نمی‌شود که زن و بچه من بیچاره از تنگی و خواری بمیرند و تو همه گله را صاحب شوی. نصف گله را به تو می‌دهم و نصفی هم برای خودم."

قدری پایین تر آمد و وقتی نزدیک تنه درخت رسید گفت: "ای امامزاده نصف گله را چطور نگهداری می کنی ؟ آنها را خودم نگهداری می‌کنم در عوض کشک و پشم نصف گله را به تو می‌دهم."

وقتی کمی پایین تر آمد گفت: "بالاخره چوپان هم که بی مزد نمی‌شود کشکش مال تو، پشمش هم دستمزد من."

وقتی باقی تنه را سر خورد و پایش به زمین رسید، نگاهی به گنبد امامزاده انداخت وگفت: "مرد حسابی چه کشکی چه پشمی؟ ما از هول خودمان یک غلطی کردیم غلط زیادی که جریمه ندارد."

**نکته**: میزان پایبندی به قول و قرارها و عمل به تعهداتمان منعکس کننده اندازه وحدت و شدت توانایی و ضعف ماست. قدرت به عهدش وفادار است، ضعف با بهانه جوئی حقیرانه وناجوانمردانه بر سر حرف و پیمانش باقی نمی ماند. ما انسان‌ها دارای دو نیروی خیر و شر هستیم.

وقتی نفس ما را به سمت کارهای غیراخلاقی و ناپسند سوق می‌دهد، نیروی خیر در قالب وجدان به مقابله برمی‌خیزد؛ اما من به منزله کسی که سال ها به این مسئله دقت کرده ام وانسان‌ها را از این زاویه نگریسته ام، فهمیده ام ما انسان‌ها برای دورزدن نیروی بازدارنده وجدان و فرار از وجدان درد، کارها و اعمال غیراخلاقی خود را توجیه می‌کنیم. توجیه جاده صاف کن نفس برای عدول از مرزهای اخلاق است.

توجیه فرایندی است که از طریق آن ما انسا نها دلایل، توجیهات و انگیزه های محکمه پسند (در محکمه ای که خود هم یک طرف دعواییم و قاضی نیز خود نفسانی ماست و معلوم است نتیجه دادگاه چه می‌شود) برای خود می‌آوریم و اقدامات مذموم خود را عقلایی، ارزشی و انسانی جلوه می‌دهیم: "چرا این کار را کردی؟"

- همه این کار را می‌کنند.

- ما نکنیم یکی دیگه می‌کند!

- حقش است!

عمل توجیه مخصوصا هنگام زیر پا گذاشتن قرارها و تعهداتمان کاربرد حیاتی خود را نشان می‌دهد. وفای به عهد یک «توانایی» است و ملاکی مهم برای اندازه‌گیری میزان اقتدار شخصیمان.


# مشکلات را شکلات کنیم


یک بار فیلسوفی خردمند ادعا کرد هوا فقط مانع عقاب برای پرواز سریع و آسان است. البته اگر هوا وجود نداشته باشد و این پرنده مغرور در خلا به پرواز درآید، بلافاصله روی زمین می افتد و

دیگر نمی‌تواند پرواز کند. همان عنصر اساسی که در برابر پرواز مقاومت ایجاد می‌کند، عاملی است که پرواز را ممکن می‌سازد.

مانع اصلی که قایق موتوری باید بر آن غلبه کند، آبِ مقابل پروانه قایق است. با وجود این اگر همین مقاومت نبود، قایق اصلاً حرکت نمی‌کرد.

همین قانون که می‌گوید موانع امکان موفقیت را فراهم می‌آورند، در زندگی بشر هم صادق است. زندگیِ فارغ از تمام موانع و مشکلات، تمام احتمالات و توان‌ها را به صفر می‌رساند. با حذف مشکلات و شکست‌ها زندگی تنش خلاق خود را از دست می‌دهد؛ معضل جهل عمومی به آموزش معنا می‌بخشد؛ مشکل بهبودیافتن از بیماری به دارو معنا می‌بخشد و مشکل نابسامانی اجتماعی به حکومت معنا می‌دهد.

زمانی که پنبه **همه چیز** مردم جنوب امریکا بود شپش غوره از مکزیک به ایالات متحده رفت و پنبه زارها را نابود کرد. کشاورزان مجبور بودند محصولات متنوعی چون دانه‌های سویا و بادام زمینی کشت کنند. آنان یاد گرفتند از زمین‌های شان برای پرورش گله، خوک و مرغ استفاده کنند. در نتیجه، کشاورزان مرفه تر از زمانی شدند که فقط پنبه می‌کاشتند.

اهالی انترپرایز در آلابامای امریکا، که از این رخداد خشنود بودند، سال ۱۹۱۰ بنای یادبودی از شپش غوره درست کردند. آنان وقتی از نظام تک محصولی به کشاورزی متنوع روی آوردند، ثروتمندتر شدند. نوشته روی یادبود از این قرار بود: "به منظور قدردانی از شپش غوره و کاری که در جهت رفاه کشاورزان انجام داد."

ما همه در زندگی مان دوست داریم از شر مشکلات و اجبارها خلاص شویم. وقتی این وسوسه اوج می‌گیرد، به یاد جوانی بیفتید که از پیرمردی تنها پرسید: "سنگین‌ترین بار زندگی چیست؟" پیرمرد غمگینانه پاسخ داد: " **نداشتن باری که با خود حمل کنی!**"

فراموش نکنید که بسیاری از افراد برجسته بر مشکلات زندگی شان فائق آمده‌اند. به عنوان مثال: لویی پاستور که نیمه فلج بود و هر لحظه ممکن بود دچار سکته مغزی شود، دمار از روزگار بیماری‌ها درآورد. فرانسیس پارکمن، تاریخدان آمریکایی، در بخش اعظم زندگی خود بقدری رنجور بود که نمی‌توانست بیشتر از پنج دقیقه پشت سر هم کار کند؛ وضعیت بینایی اش چنان اسفناک بود که جز چند واژه بسیار درشت خرچنگ قورباغه نمی‌توانست بنویسد، اما مدبرانه بیست جلد کتاب در زمینه تاریخ به نگارش درآورد. کسی که دچار سوختگی حاد شده بود و پزشکان گفته بودند هرگز نمی‌تواند راه برود، گلن کانینگهام شد که سال ۱۹۳۴ رکورد

دوهزاروپانصد متری دنیا را به نام خود ثبت کرد؛ کسی را که کُند ذهن و عقب افتاده می نامیدند و لقب بی سواد به او می دادند، آلبرت اینشتین شد.

# خودت را باور کن!

پسر قالیبافی در جمع دوستانش از توانایی های بی نظیر خود سخن می گفت و سعی داشت ثابت کند می‌تواند در کمتر از سه ماه زیباترین قالی را ببافد. دوستانش در ادعای او شک کردند و همین باعث شد هیجان زده تر شود و با تلاش بیشتری به قانع کردن آ نها بپردازد.

فردی که شاهد این ماجرا بود نزدیک شد و گفت: "فرض کنیم همه ما را قانع کردی و ما باور کردیم که توانایی انجام این کار را داری؛ اما اگر خودت این موضوع را باور نکرده باشی، دیر یا زود ناتوانی ات آشکار می‌شود و بعد از این مورد قبول واقع شدن تو مشکل تر خواهد شد. "

**نکته**: وقتی یقین و باور تو نسبت به قابلیت هایت بیشتر از اطرافیانت باشد، دیگر باورداشتن یا نداشتن آن ها نباید برایت اهمیتی داشته باشد!

# گردو و برج ناقوس

روزی کلاغی گردویی را به بالای برج یک کلیسا برد؛ اما ناگهان گردو از نوک کلاغ جدا شد و در شکافی افتاد. گردو ضمن تعریف و تحسین از زیبایی و وقار برج و نوای دلنشین زنگوله هایش، خطاب به دیوار برج گفت حال که لطف و عنایت خداوندی شاملش شده و از چنگ کلاغ ظالم رهایی یافته، او را در میان یکی از شکاف هایش خانه دهد. آنگاه در توجیه این تقاضا گفت: "افسوس که دیگر نمی‌توانم در زیر شاخه های سبز پدر پیرم بیفتم و در زمین شخم زده و پوشیده از برگ هایش آرام گیرم. اکنون امیدوارم دست رد به سینه ام نزنی، وقتی اسیر نوک کلاغ ستمکار بودم با خود پیمان بستم در صورت گریز از دستش، تمام عمرم را در سوراخی کوچک سپری کنم."

دیوار پس از شنیدن وضعیت حزن انگیز گردو دلش به رحم آمد و پذیرفت در شکافی به گردو آشیانه دهد. گردو پس از مدتی کوتاه تَرَک خورد و باز شد. ریشه هایش در میان شکاف سنگ ها رخنه کرده و آن ها را از هم جدا کردند. جوانه هایش، به آسمان سر برافراشته، شاخه هایش تا بالای برج گسترش یافته و برج را احاطه کردند؛ با ضخیم شدن تدریجی ریشه هایش دیوارها

تَرَک برداشتند، با فشار از هم جدا شده و از جا درآمدند. دیوار بسیار دیر و نالان نسبت به ویرانی اش ناله و مویه سر داد و در مدتی کوتاه به کلی فرو ریخت.

لئوناردو داوینچی

**نکته:** افراد ناکامی که بین ما زندگی می‌کنند و تحت تأثیر رویدادها و سوانح مهارناپذیر در پرتگاه ناتوانی و درماندگی فرو می افتند مستحق همه گونه یاری و همدلی هستند؛ اما بسیارند افرادی که به طور معمول منفی، هراسان و مضطرب اند؛ خود را بداقبال مادرزاد می‌نامند و در نتیجه مردم، رویدادها، اوضاع و شرایطی را به سوی خود فرا می خوانند که دقیقاً با توقعات منفی شان همنوا هستند. چقدر خوب بود می‌توانستیم موانع و مشکلاتشان را مرتفع کرده و مسیر زندگی شان را تغییر دهیم؛ اما اغلب حالات و روحیات آن ها نیز بر ما اثر گذاشته و اوضاع و شرایطمان را عوض می‌کنند. علت ساده است، چون انسان‌ها به شدت از روحیات و عواطف و حتی طرز تفکر یکدیگر تأثیر می پذیرند و در این راستا فرد بی ثبات و ناخشنودی که بر روحیاتش کمترین تسلطی ندارد، در سرایت حالات و روحیات منفی اش به دیگران مسلط تر است. او اغلب خود را فردی مفلوک و قربانی می‌نمایاند، به حال خود افسوس می خورد و کوله‌باری مملو از جراحات و بی عدالتی های گذشته را به دوش می کشد و این استنباط مانع از آن می‌شود که دریابد ناملایمات زندگی‌اش ریشه در عملکرد خودش دارد و پیش از آن که شما به ماهیت مسائلش پی ببرید، ناخوشی او به شما نیز سرایت کرده است. از آن جا که قوه سنجش و تعقل چنین فردی جای خود را به عواطف و احساسات تند و تعدیل نشده داده، تمام استدلال ها و تصمیمات او از مجرای احساسات و عواطفش سیراب گشته و از منطق و عقل برکنار است. خطر سرایت احساسات و هیجانات منفی را دست کم نگیرید. افرادی که با آنان حشر و نشر دارید، نقشی مهم و حیاتی در زندگی تان دارند. خطر معاشرت با افراد آلوده و مسری آن است که حتی برای خلاص شدن از چنگشان باید وقت و نیروی قابل ملاحظه ای را تلف کنید. ناخوشی های واگیردار فراوانی وجود دارند که باید هر یک را شناخت و از آن ها دوری کرد؛ اما خطرناک تر از همه ناخشنودی ریشه داری است که فرد متأثر از آن آیه یأس می خواند، دنیا را سیاه و تیره می بیند و خود را بدبخت مادرزاد می نامد.

## فرشته و خانم زیبا

خانم میان سالی سکته قلبی کرد و سریعاً به بیمارستان منتقل شد. وقتی زیر تیغ جراح عملاً مرگ را تجربه کرد. زما نی که بی هوش بود فرشته ای را دید.

از فرشته پرسید :"آیا زمان مردنم فرا رسیده است؟"

فرشته پاسخ داد: "نه، تو هشت سال و دو ماه و هشت روز دیگر فرصت خواهی داشت."

او بعد از به هوش آمدن تصمیم گرفت برای بهبود کامل در بیمارستان باقی بماند و چون به زندگی بیشتر امیدوار شده بود، چند عمل زیبایی انجام داد و از یک خانم میان سال به یک خانم جوان تبدیل شد!

او بعد از آخرین جراحی از بیمارستان مرخص شد و در راه عزیمت به خانه هنگام عبور از خیابان با یک آمبولانس تصادف کرد ومرد!

وقتی با فرشته مرگ روبه رو شد گفت: "فکر کردم گفتی چهل سال واندی بعد مرگ من فرا می‌رسد؟ چرا مرا از جلوی آمبولانس کنار نکشیدی؟ چرا مردم؟"

فرشته پاسخ داد: "ببخشید، وقتی داشتی از خیابان رد می‌شدی، نشناختمت."

**نکته:** انسان‌ها برای مؤثربودن در زندگی از روش های متفاوت استفاده می‌کنند. تأکید بر جذابیت فیزیکی (صورت) یک راه حل بیرونی برای تأثیرگذاربودن است؛ در حالی که برای داشتن درجات بالاتر و حقیقی تر نفوذ، به جذابیت و قدرت شخصی (سیرت) احتیاج است.

هر چه انسان از قدرت اعتمادبه نفس و عزت نفس (جذابیت دورنی) کمتری برخوردار باشد بیشتر به مظاهر فیزیکی و بیرونی زیباییشمتکی می‌شود.

گاندی با یک لُنگ دوتیکه برابر بزرگ ترین امپراطوری دوره خود (بریتانیا) ایستاد. در حالی که مردان و زنان بسیاری را می‌شناسیم که تمام اعتمادبه نفس و قدرت خود را از لباس، آرایش، مدل مو، نوع ادکلن و تناسب اندامشان می‌گیرند. آنها وسواس بیمارگونه و تأکید مبالغه آمیزی نسبت به وضع ظاهر خود دارند به صورتی که بر اثر کوچک ترین ایراد ظاهری، اعتمادبه نفس خود را از دست می‌دهند و نمی‌توانند در مقابل دیگران بااقتدار اطهار وجود نمایند.


## فرصت

روزی مدیر یک برنامه تلویزیونی گزارشگری را برای تهیه گزارش از یک مسابقه بزرگ وررشی مأمور کرد. گزارشگر بدون گزارش بازگشت.

مدیر: "گزارش کجاست؟"

گزارشگر: "گزارشی در کار نیست. مسابقه برگزار نشد."

مدیر: "متوجه منظورت نمی شوم."

گزارشگر: "قربان استادیوم فرو ریخت."

مدیر: "بسیار خوب گزارش فروریختن استادیوم را بده."

گزارشگر: "ولی چنین مسئولیتی به من ابلاغ نشده بود."

یک خبر داغ به سبب این که گزارشگر نتوانست خوب فکر کند، از دست رفت.

جان ماکسول

**نکته:** فرصت ها از دل مشکلات برمی‌خیزند، اگر به دنبال فرصتی بزرگ هستید مشکلی بزرگ بیابید.


# مردم چه می گویند؟

پدربزرگم به مادرم گفت باید فرزندت را فقط در بیمارستان خصوصی به دنیا بیاوری نه در زایشگاه عمومی.

مادرم پرسید: "چرا؟"

مادربزرگم گفت: "مردم چه می‌گویند!"

بعدها می‌خواستم به مدرسه بروم، همان مدرسه سر کوچه مان.

مادرم گفت: "فقط مدرسه غیرانتفاعی!"

پدرم پرسید: "چرا؟"

مادرم گفت: "مردم چه می‌گویند!"

می‌خواستم با دختری روستایی ازدواج کنم.

خواهرم گفت: "مگر من بمیرم!"

پرسیدم: "چرا؟"

خواهرم گفت: "مردم چه می‌گویند!"

می‌خواستم پول مراسم عروسی را سرمایه زندگی ام کنم.

پدر و مادرم گفتند: "مگر از روی نعش ما رد شوی!"

پرسیدم: "چرا؟"

آنها گفتند: "مردم چه می‌گویند!"

می‌خواستم به اندازه جیبم خانه ای در پایین شهر اجاره کنم.

مادرم گفت: "وای بر من "

پرسیدم: "چرا؟"

مادرم گفت: " مردم چه می‌گویند!"

می‌خواستم اولین مهمانی بعد از عروسی مان ساده باشد و صمیمی.

همسرم گفت: "شکست به همین زودی!"

پرسیدم: "چرا؟"

همسرم گفت: "مردم چه می‌گویند!"

می‌خواستم یک ماشین مدل پایین بخرم، در حد وسعم تا عصای دستم باشد.

همسرم گفت: "خدا مرگم دهد!"

پرسیدم: "چرا؟"

همسرم گفت: "مردم چه می‌گویند!"

می‌خواستم بچه ام در یک زایشگاه عمومی به دنیا بیاید.

پدرم گفت: "فقط بیمارستان خصوصی!"

پرسیدم: "چرا؟"

پدرم گفت: "مردم چه می‌گویند!"

بچه ام می‌خواست به مدرسه برود، رشته تحصیلی اش را برگزیند، ازدواج کند؛ می‌خواستم بمیرم،

برسر قبرم بحث شد؛

پسرم گفت: "پایین قبرستان"

زنم جیغ کشید. دخترم گفت: "چه شده؟"

زنم گفت: "مردم چه می‌گویند!"

برادرم برای مراسم ترحیمم مسجد ساده ای را در نظر گرفت، خواهرم اشک ریخت و گفت: "مردم چه می‌گویند!"

از طرف قبرستان، سنگ قبر ساده ای بر سر مزارم گذاشتند اما برادرم گفت : "مردم چه می‌گویند!" خودش سنگ قبری برایم سفارش داد که عکسم را رویش حک کردند.

حالا من در اینجا در حفره ای تنگ خانه دارم و تمام سرمایه ام برای ادامه زندگی جمله ای بیش نبود: "مردم چه می‌گویند!"

مردمی که عمری نگران حرفهایشان بودم، حالا حتی لحظه ای، هم نگران من نیستند.

**نکته:** همان طور که این داستان نشان می‌دهد نگاه مان از تولد تا مرگ و از صدر تا ذیل زندگی مان به **دنیای بیرون** است و در تصمیم‌گیری هایمان **قضاوت مردم** اهمیت استراتژیک دارند. به جای این که متوجه نیازها، خواسته‌ها، تمایلات و توانمندی های شخصی خود باشیم با پاگذاشتن روی آن ها و له کردنشان، حرف مردم را ملاک تصمیم گیری های خود قرار می‌دهیم و سبک زندگی ای را در پیش می گیریم که قابل تأیید مراجع بیرونی باشد. این بزرگ ترین خیانت و حماقتی است که کم وبیش به علت کمبود عزت نفس و فقدان خوداحترامی در زندگی مرتکب می‌شویم. ما انتخاب می‌کنیم که دیگران برای ما انتخاب کنند. ما به گونه ای زندگی نمی‌کنیم که دوست داریم، بلکه به گونه ای زندگی می‌کنیم که دوستمان بدارند. با این استراتژی مهم‌ترین چیزی که قربانی می‌شود صداقتی است که هرکس برای خودبودن و لذت بردن از این که زندگی اش محصول انتخاب های شخصی خویش است، به آن نیاز دارد. البته داستان کمبود عزت نفس فقط به اقدامات تدافعی چون دهان بینی ختم نمی‌شود، بلکه خود فرد کم بین برای کاهش احساس حقارت در صدد جلب توجه و اثبات خود بر می‌آید.

لذا دو راهکار را دنبال می‌کند:

۱- تلاش برای دیده شدن

۲- تلاش برای تحسین شدن و تاثیرگذاری از طریق ارائه یک چهره بزک کرده و غیرواقعی از خویش (ریا).

به حکایت زیر توجه کنید:

مارمولکی به ماری که چشم پزشک بود مراجعه کرد و از او خواست برایش عینکی تهیه کند.

مار گفت: "عینک به چه درد تو می خورد؟ مگر با عینک و بی عینک فرقی می‌کند؟ تو که جایی را نمی بینی؟"

مارمولک گفت: "عینک بزنم که دیده شوم."

- به دانشگاه بروم که دیده شوم.

- به مکه بروم که دیده شوم.

- خواننده بشوم که دیده شوم.

- کتاب بنویسم که دیده شوم.

- خانه بزرگ تر بخرم که دیده شوم.

- عمل زیبایی انجام بدم که دیده شوم.

هر تلاشی که انگیزه اصلی آن کوشش برای دیده شدن، شنیده شدن و تحسین شدن باشد، نشانه عقده حقارت است.

**دستورالعملی برای افزایش جذابیت فردی:**

انسان‌ها برای ارضای نیازهای روانی و عاطفی شان به دنبال کسب توجه، تأیید و محبت هستند. اما نکته جالب این است که هر چه ما کمتر به دنبال به دست آوردن آن‌ها باشیم بیشتر و بهتر آن‌ها را به دست می‌آوریم:

- انسان‌هایی که به دیگران توجه نمی‌کنند (توجه مهرطلبانه)، بیشتر توجهات را به سوی خود جلب می‌کنند.

- انسان‌هایی که به دنبال دیده شدن نیستند، بیشتر دیده می‌شوند.

- انسان‌هایی که به دنبال شنیده شدن نیستند، بیشتر شنیده می‌شوند.

- انسانهایی که به دنبال کسب تحسین دیگران نیستند، بیشتر مورد تحسین قرار می‌گیرند.

- انسان‌هایی که به دنبال تحت تأثیر قراردادن نیستند، بیشتر دیگران را تحت تأثیر قرار می‌دهند.

و بالاخره انسان‌هایی که به دنبال کسب تأیید دیگران نیستند، بیشتر مورد تأیید و پذیرش قرار می‌گیرند. فقط انسان‌های مقتدر هستند که می‌توانند بخواهند که دیده نشوند. انسان ضعیف سرشار از تمنای دیده شدن است.

# از فرصت ها درست استفاده کنیم:

در چین داستانی بسیار قدیمی وجود دارد مبنی بر این که شبی فرشته ای به دیدن مردی می‌رود و به او می‌گوید که به زودی امکانات و موقعیت های جالب و بیشماری در زندگی اش پدید خواهند آمد. امکاناتی برایش فراهم خواهد شد تا ثروت های هنگفت کسب کند، موقعیت های اجتماعی و بسیار محترمانه در جامعه پیدا کند و با زنی بسیار زیبا و خوب پیمان زناشوئی ببندد.

این مرد در تمام طول زندگی خود در انتظار بروز این معجزات نشست، اما هیچ اتفاقی نیفتاد و او در حالی که پیرمردی فقیر و تهیدست شده بود، در نهایت تنهایی و انزوا جان سپرد. هنگامی که به دروازه های بهشت رسید همان فرشته‌ای را مشاهده کرد که سال ها پیش به دیدنش آمده بود. مرد زبان به شکایت گشود و گفت: "تو ثروت های هنگفتی به من وعده کردی، موقعیت های اجتماعی بسیار باشکوه و محترمانه ای برایم پیش بینی نمودی و گفتی همسر زیبایی نصیبم می‌شود اما من تمام عمرم منتظر ماندم بدون آن که هیچ اتفاقی بیفتد."

فرشته پاسخ داد: "من هرگز چنین وعده هایی به تو ندادم. من موقعیت هایی برای دستیابی به ثروت و موقعیت بالای اجتماعی و نیز یافتن همسری زیبا به تو وعده دادم، اما متأسفانه تو گذاشتی این موقعیت ها یک به یک از کنارت بگذرند و از بین بروند."

مرد بینوا که سردرگم شده بود گفت: "منظور تو را نمی فهمم."

فرشته گفت: "آیا به خاطر داری در برهه ای از زمان به فکر تجارت افتادی اما از آنجا که از شکست بیم داشتی سعی نکردی تلاش بکنی!"

پیرمرد سرش را به علامت یادآوری آن خاطره جنباند.

فرشته گفت: "از آنجا که تو نخواستی آن برنامه تجاری را به مرحله اجرا درآوری، چند سال بعد همان فکر به ذهن مرد دیگری خطور کرد و او برخلاف تو اجازه نداد با هیچ فکر و اندیشه ای به وحشت بیفتد؛ قطع یقین به یاد داری که او پس از مدت کوتاه ی به یکی از مردان ثروتمند این سرزمین تبدیل شد."

فرشته پس از سکوتی کوتاه ادامه داد: "همچنین به طور حتم زمانی را به یاد داری که زمین لرزه ای بسیار شدید شهر تو را به تکان داد و تمام ساختمان های بزرگ را نابود کرد و هزاران نفر را در میان آوار محبوس و گرفتار کرد. تو از این امکان برخوردار بودی که بتوانی به کمک آن ها بروی و بازماندگان این فاجعه را نجات دهی اما به وحشت افتادی که نکند هنگام غیبتت از خانه، غارتگران به ملکت حمله کنند و تمام وسایل و مایملکت را به تاراج ببرند، از این رو درخواست های کمک را نادیده گرفتی."

مرد سرش را به علامت یادآوری آن خاطره جنباند و به یاد شرمندگی و خجالتی که در آن دوران احساس کرده بود، افتاد.

فرشته گفت: "ترجیح دادی در خانه ات بمانی تا مبادا دزدی به آنجا بیاید."

آن واقعه بزرگ ترین موقعیت برای نجات جان صدها نفر انسان بدبخت بود. چنانچه این کار را به انجام رسانده بودی توسط تمام بازماندگان و نجات یافتگان آن شهر مورد تقدیر و تجلیل و

افتخار قرارمی گرفتی. در ضمن آیا به یاد داری زنی بسیار زیبا در برهه ای از زمان در زندگی تو ظاهر شد؟ زنی که تو بی اندازه جلبش شده بودی.  درآن زمان در زندگی با خود اندیشیدی که آن زن هرگز حاضر نخواهد شد با تو ازدواج کند و از ترس آن که پاسخ منفی بشنوی از کنار او گذشتی و هرگز راز قلبت را با او در میان ننهادی."

مرد دوباره سرش را به علامت تأئید جنباند. در این لحظه قطرات اشک از گونه های مرد جاری شدند و فرشته گفت: " بله دوست من ... او می‌توانست همسر تو شود و از طریق او می‌توانستی صاحب فرزندانی بسیار زیبا و خوش سیما شوی و در زندگی زناشویی از سعادت و خوشبختی پایدار بهره مند گردی."


**نکته**: هر روز خداوند همراه با خورشید لحظه ای به ما ارزانی می‌دارد که در آن امکان تغییر آنچه که موجب بدبختی ماست، وجود دارد.  هر روز ما وانمود می‌کنیم که متوجه وجود این لحظه نیستیم.  وانمود می‌کنیم که امروز شبیه دیروز و شبیه فرداست.  اما کسی که به روری که در آن زندگی می‌کند توجه داشته باشد، آن لحظه جادویی را کشف می‌کند؛ لحظه ای که در آن اقتدار ستارگان در ما نفوذ می‌کند تا تغییر کنیم و ما را برمی انگیزد تا به جستجوی رؤیاهایمان برویم. بدبخت کسی است که از خطرکردن می ترسد. او هرگز سرخورده نمی‌شود، ناامید نمی‌شود و مانند کسی که به انتظار تحقق رؤیاهایش است، رنج نخواهد کشید.  اما وقتی به گذشته نگاه می‌کند، چون همواره به جایی می رسیم که به گذشته نگاه می‌کنیم، قلبش به او خواهد گفت: "با معجزه هایی که خداوند در مسیر تو قرار داده بود، چه کردی؟ آن ها را در اعماق چاله ای به خاک سپردی، چون می ترسیدی که از دستشان بدهی؟ و حالا آنچه برایت باقی مانده این است: اطمینان به این که زندگی ات را از دست داده ای؟"

بیچاره کسی که این کلمات را از قلبش بشنود.  آن وقت به معجزه ایمان خواهد آورد، اما لحظات جادویی حیاط او دیگر طی شده اند.

به گفت و گوی زیر که بین شیطان، و فرشته است، توجه نمایید:

فرشته از شیطان پرسید: "قوی ترین سلاح تو برای فریب دادن انسان‌ها چیست؟"

شیطان گفت: "به آن ها می گویم هنوز فرصت هست."

شیطان پرسید:" قدرتمندترین سلاح تو برای امیدبخشیدن به انسان‌ها چیست؟"

فرشته گفت: "به آن ها می گویم هنوز فرصت، هست."

# بخشش

دو دوست پای پیاده از جاده ای در بیابان عبور می‌کردند.  در بین راه سر موضوعی اختلاف پیدا کردند و به مشاجره پرداختند.

یکی از آن ها از سر خشم بر چهره دیگری سیلی زد.  دوستی که سیلی خورده بود سخت آزرده شد ولی بدون آنکه چیزی بگوید روی شن های بیابان نوشت:

"امروز بهترین دوستم به صورتم سیلی زد."

آن دو کنار یکدیگر به راه خود ادامه دادند تا به یک آبادی رسیدند.  تصمیم گرفتند قدری آنجا بمانند و کنار برکه آب استراحت کنند. ناگهان شخصی که سیلی خورده بود، لغزید و در آب افتاد. نزدیک بود غرق شود که دوستش به کمکش شتافت و او را نجات داد.

بعد از آن که از غرق شدن نجات یافت، روی صخره ای سنگی این جمله را حک کرد

"امروز بهترین دوستم جان مرا نجات داد."

دوستش با تعجب پرسید:"بعد از آن که من با سیلی تو را آزردم، تو آن جمله را روی شن های بیابان نوشتی ولی حالا این جمله را روی تخته سنگ حک می‌کنی؟"

وی لبخند زد و گفت:"وقتی کسی ما را آزار می‌دهد، باید روی شن های صحرا بنویسیم تا بادهای بخشش آن را پاک کنند ولی وقتی کسی محبتی در حق ما می‌کند باید آن را روی سنگ حک کنیم تا هیچ بادی نتواند آن را از یادها ببرد."

**نکته:** یکی از بزرگ ترین ملاک های قدرت فردی شما توانایی هضم رفتار اشتباه دیگران و اغماض از اشتباهات آنان است. بزرگ و کوچکی خطاهای دیگران امری نسبی است و رابطه مستقیم با بزرگی و کوچکی ما دارد.  اگر نمی‌توانیم کسی را ببخشیم و گناه او را غیرقابل گذشت می‌انگاریم، مسئله به دنیای بیرون و بزرگی گناه دیگران ربط ندارد بلکه به حقارت و کوچکی ما مربوط است. به من بگو چه گناهی را غیرقابل بخشش می‌دانی تا به تو بگویم چه کسی هستی و در چه درجه ای از رشد و توانمندی شخصی قرار داری.

- هر چه ما عظیم‌تر باشیم، اشتباهات دیگران کوچکتر می‌نمایند و هر چه کوچکتر باشیم خطاهای دیگران بزر گ تر وغیرقابل هضم تر دیده می‌شوند.

- هرچه ما بزرگوارتر و مقتدرتر باشیم، کمتر به دیگران نیازمندیم.  هرچه کمتر نیازمند باشیم، کمتر از رهگذر عملکرد ناصواب اطرافیانمان آسیب می بینیم.

- هرچه کمتر آسیب ببینیم، راحت تر می‌بخشیم و دیگران را مورد عفو قرار می‌دهیم.

توضیحات این حکایت را با سخنی از فرزانه ای ژرف نگر به اتمام می رسانیم که می‌گوید:

**کسانی که دیگران را نمی بخشند**

**یعنی پیوسته در گذشته زندگی می‌کنند**

**و کسانی که در گذشته زندگی می‌کنند،**

**زمان حال را تباه خواهند کرد!**

# مار را چگونه باید نوشت؟

روستایی دور افتاده بود که مردم ساده دل و بیسوادی در آن سکونت داشتند. مردی شیاد از ساده لوحی آنان استفاده کرده بود و به نوعی بر آن ها حکومت می‌کرد. برحسب اتفاق گذر یک معلم به آن روستا افتاد و متوجه دغلکاری های شیاد شد و او را نصیحت کرد که از اغفال مردم دست بر دارد وگرنه او را رسوا می‌کند. مرد شیاد نپذیرفت. معلم بعد از اتمام حجت برای مردم روستا از فریب کاری های شیاد سخن گفت و نسبت به حقه های او هشدار داد. بعد از کلی مشاجره بین معلم و شیاد قرار بر این شد که روز بعد در میدان روستا معلم و مرد شیاد مسابقه بدهند تا معلوم شود کدامیک باسواد و کدامیک بی سواد است. در روز موعود همه مردم در میدان ده گرد آمدند تا ببینند آخر کار، چه می‌شود.

برای اینکه معلوم شود کدام یک باسواد و کدام بی سواد، قرار شد هر دو بنویسند:" مار"

معلم نوشت: "مار"

اما شیاد شکل مار را روی خاک کشید و به مردم گفت: "شما خودتان قضاوت کنید کدام یک از اینها مار است؟"

مردم که سواد نداشتند متوجه نوشته مار نشدند اما همه شکل مار را شناختند و به جان معلم افتادند و تا می‌توانستند او را کتک زدند واز روستا بیرونش انداختند.

**نکته:** اگر می‌خواهیم بر دیگران تأثیر بگذاریم با آنها را با خود همراه کنیم بهتر است با زبان، رویکرد و نگرش خود آنها، با آنها سخن گفته و رفتار کنیم. همیشه نمی‌توانیم با اصول و چهارچوب فکر خود، با دیگران رفتار کنیم. باید افکار و مقاصد خود را به زبان فرهنگ، نگرش، اعتقادات، آداب، رسوم و پیشینه آنان به آنها ارائه کنیم.

# کلاغ و گوسفند

کلاغی مزاحم پشت گوسفندی نشسته بود و گوسفند با بی میلی او را می کشید.  پس از مسافتی کاسه صبر گوسفند لبریز شد و گفت: "اگر این کار را با یک سگ کرده بودی، زیر دندان های تیزش له می‌شدی."

کلاغ پاسخ داد: "من از حیوانات ضعیف کولی می‌گیرم و در برابر حیوانات نیرومند سر تعظیم فرود می‌آورم.  می‌دانم با چه کسی قلدری و در برابر چه کسی چاپلوسی کنم.  یقین دارم با این شیوه رفتار، سالیان سال با خیر و خوشی زندگی خواهم کرد."

**نکته**: شناخت ویژگی های شخصیتی افرادی که با آنان سروکار دارید، مهمترین اهرم برای حفظ آن هاست.  بدون آگاهی از نقاط ضعف و قوت دیگران در ارتباطات اجتماعی تان در جاده ای متروک گام برداشته و دیر یا زود به بن بست می‌رسید.  بنابراین پیش از برقراری هرگونه ارتباط یا دادوستد با افراد، فضایل و رذایل و موقعیت هایی را که در آن احساس غرور یا ناامنی می‌کنند شناخته و به منافذ سپر دفاعی شان توجه کنید.  در این جا اشاره به دو نکته را ضروری می‌دانم:

**نخست؛** هنگام ارزیابی خصوصیات افرادی که در برابرتان جبهه گیری می‌کنند فقط به نداهای درونی تان توجه کنید. هیچ چیز نمی‌تواند جای آگاهی های عینی و ملموس را بگیرد. صرف نظر از این که چقدر ممکن است طول بکشد افکار، احساسات و انگیزه هایشان را به دقت بررسی کنید.  این کار به زحمتش می‌ارزد.

**دوم؛** هرگز به ظاهر افراد اعتماد نکنید. هرکس می‌تواند قلبی مملو از کینه و خصومت داشته باشد اما نقاب بر چهره زده و نقش فردی مهربان را بازی کند.  فردی که رجزخوانی می‌کند، اغلب ترسو و بزدل است. بنابراین از امروز، صرف نظر از ظاهر افراد، با مطالعه و طرح پرسش‌های گوناگون به دنیای درونشان گام نهید و از مکنونات قلبیشان باخبر شوید.

# به دل و ذهن دیگران راه پیدا کنید

اسکندر و سربازانش یازده روز سپاه داریوش را تعقیب کردند.  سربازان اسکندر ۶۶۰ کیلومتر را پای پیاده پیموده بودند و از فرط خستگی و تشنگی رمق نداشتند، از این رو تصمیم گرفتند از ادامه تعقیب دست بر دارند.  در این گیرو دار چند نفر را دیدند که مشک های پر از آب را روی

قاطری حمل می‌کنند و متوجه شدند رودخانه ای در آن حوالی وجود دارد، پس به سوی رودخانه رفتند و آب نوشیدند و مشکی را پر از آب کرده و به سوی محل استقرار سپاه بازگشتند.  حوالی ظهر به اسکندر که به شدت تشنه بود رسیدند. یکی از سربازان بی درنگ کلاه خودش را پر از آب کرد و به اسکندر داد. اسکندر به اطرافش نظری افکند و مشاهده کرد که دیگر سربازان دستانشان را دراز کرده و مشتاقانه منتظرند تا از کلاه خود اسکندر آب بنوشند. او بدون این که جرعه ای آب بنوشد کلاه خود را به آن سرباز بازگرداندند و از وی تشکر کرد، سپس در توصیف این واکنش گفت: "اگر من فقط سیراب می‌شدم سربازانم جسارت و از خودگذشتگی شان را از دست می دادند."

سربازان به شدت تحت تأثیر ظرفیت روحی و استقامت اسکندر قرار گرفته و از وی خواستند آنان را شجاعانه فرماندهی کند؛ سپس بی درنگ روی اسب هایشان پریدند و نیرومندانه آنان را هی کردند.

**نکته:** شیوه ای که اسکندر برای، پرداختن به این موقعیت در پیش گرفت نشان می‌دهد رفتار رهبر در مواقع اضطراری چه اندازه مهم است.  هنگام سختی و مصیبت وجود همه را ترس و دلشوره فرا می‌گیرد و اما اگر در چنین مواقعی فرمان ده دچار دلهره و اضطراب شود، ترس خود را به افرادش منتقل می‌کند و ترسش مانند بهمنی عظیم که از کوه سرازیر می‌شود، همه چیز سر راهش را به فنا می برد.  اما اگر او خونسردی خود را حفظ کرده و با آرامش زمام امور را در دست گیرد، از این طریق اعتماد و دلیری را در زیردستانش پدید خواهد آورد.

در قلمرو اقتدار فقط افرادی شما را کمک و حمایت می‌کنند که این کار برایشان منفعت دارد و به محض این که حس کنند یاری رساندن به شما برایشان سود هنگفت به ارمغان نمی‌آورد، از در مخالفت برآمده و با شما بد قلق و ناسازگار می‌شوند و شما را رقیبی تلقی می‌کنند که از سرعت تلاش آن ها برای کسب برتری می کاهید و وقت و نیرویشان را هدر می دهید.  برای چیرگی بر این مشکل ضرورت دارد با شناخت منش، انگیزه ها و نیازهای روانی طرف مقابل با او هماهنگ شده و از طریق تأمین این نیازها تا اعماق، جانش نفوذ کنید؛ و شگفتا که اغلب مردم به این شگرد ساده توجه نمی‌کنند و ب یتفاوت از کنارش می گذرند.

آنان به جای این که در نخستین برخورد و پیش از آغاز گفتگو شرایط منحصر به فرد طرف مقابل را از نظر خانوادگی، تربیتی،استعدادهای طبیعی و ویژگی های شخصیتی بررسی کنند، پیوسته در صدد هستند با گفتگو درباره خود عقاید خشک، دید قالبی، تعصب وسفروضاتشان را به مخاطب

تحمیل کنند. حتی گاه باد به غبغب انداخته و تفاخر کنان درباره دستاوردهایشان داد سخن سر می‌دهند، غافل از این که با نادیده گرفتن خصوصیات طرف مقابل و بی توجهی به نیازهای روانی‌اش وی را به جبهه گیری، رقابت و حتی دشمنی برمی‌انگیزانند.

مردم با کشیدن دیوار گرداگردتان شما را بیرون نگه می‌دارند؛ پس هرگز با زور و فشار داخل حریم شخصی شان نشوید. اگر چنین کنید پشت این دیوارها با دیوارهای بیشتری رو به رو خواهید شد.

پیرامون این دیوارها نیز درهایی نصب شده که هر یک قفلی دارند. این قفل ها را به دقت بررسی کنید و شاه کلیدی بسازید که همه این درها را بگشاید. به این ترتیب بدون توسل به زور و فشار به کلید آن دسترسی خواهید یافت.

# آزمون دامادها

زنی سه دختر داشت که هر سه ازدواج کرده بودند. یک روز تصمیم گرفت میزان علاقه دامادهایش به خود را ارزیابی کند. یکی از دامادها را به خانه اش دعوت کرد و در حالی که در کنار استخر قدم می‌زدند از قصد وانمود کرد که پایش لیز خورده و خود را درون استخر انداخت. دامادش فوراً داخل آب پرید و او را نجات داد. فردا صبح یک پژوی ۲۰۶ نو جلوی در خانه داماد بود و روی شیشه‌اش نوشته شده بود: "متشکرم! از طرف مادرزنت."

زن همین کار را با داماد دومش هم کرد و این بار هم داماد فوراً داخل آب پرید و جان او را نجات داد. داماد دوم هم فردای آن روز یک پژوی ۲۰۶ نو هدیه گرفت که روی شیشه‌اش نوشته شده بود: "متشکرم! از طرف مادرزنت."

نوبت به داماد آخری رسید. زن باز هم همان صحنه را تکرار کرد و خود را به داخل استخر انداخت. اما داماد از جایش تکان نخورد زیرا پیش خود فکر کرد که وقتش رسیده این پیرزن از دنیا برود، پس چرا من خود را به خطر بیاندازم؟ همین طور ایستاد تا مادر زنش درآب غرق شد و مرد. فردا صبح یک ماشین **بی ام و** آخرین مدل جلوی پارکینگ خانه داماد سوم بود که روی شیشه اش نوشته شده بود: "متشکرم! ازطرف پدرزنت."

**نکته:** احساسات و هیجان های ما منعکس کننده موقعیت و شرایطی است که در آن قرار داریم. در واقع عواطف و رفتارهای هیجانی به ما می‌گویند در کجای پیوستار اقتدار فردی قرار داریم "ترس" مادر کلیه احساسات منفی است به گونه ای که تمام عواطف منفی دیگر همچون خشم،

اضطراب، اندوه، غم، ناامیدی و کینه از ترس ناشی می‌شوند یا می‌توانیم بگوئیم تمام هیجانات منفی شکل دیگری از احساس ترس هستند (خشم ترسی است که حالت تهاجمی به خود گرفته و افسردگی و استرس حالت مفعولی ترس است ) هنگامی که ترس به سطح و درجه بالا می‌رسد به شکل نفرت، کینه و دشمنی خود را نشان می‌دهد. وقتی از دست کسی دلخور هستید، وقتی از دیگران عصبانی می‌شوید و در درجات بالاتر سر به تن کسی نباشد و آرزوی ضربه دیدن و در نهایت مرگش را دارید، در پائین ترین سطح اقتدار فردی قرار گرفته اید. نفرت زمانی بروز می‌کند که می‌بینیم از سوی دیگران تهدید می‌شویم یا این که از ناحیه دیگران آسیب می بینیم. وقتی ضربه می خوریم منافعمان نادیده انگاشته می‌شوند و متوجه می‌شویم به ما بی‌احترامی شده و نادیده گرفته شدیم. عصبانیت، خشم، نفرت و عداوت در ما شکل می‌گیرند در حالی که باید متوجه باشیم آنچه به ما آسیب می‌زند نه منابع بیرونی (رفتار دیگران) که حقایق درونی (ضعف ها وکمبودها در درون) هستند.

ریشه ناراحتی ما نه در اتفاقات و شرایط بیرونی که در نیازها و مشکلات درونی ماست. شرایط بیرونی فقط ضعف های ما را آشکار می‌کنند.

**یک تمثیل:** فرض کنید انگشت شما آسیب دیده، در این حالت انگشت تان به هرچه برخورد کند احساس درد می‌کنید و این در حالی است که وقتی انگشت شما سالم است اگر به جائی برخورد کند احساس ناراحتی نمی‌کنید.

به همین ترتیب تمام دردها، ناراحتی ها و ضربه هایی که به ما وارد می شو ند به سبب مشکلات و نابسمانی هایی است که در درون ماست. ولی ناغافل از این واقعیت، هنگام اذیت شدن انگشت اتهام خود را به سمت بیرون نشانه می گیریم و دیگران و شرایط بیرونی را مسئول درد ورنج خود می پنداریم و متعاقب آن نسبت به دیگران احساس انزجار و نفرت پیدا می‌کنیم و در نهایت آن نفرت به منزله یک احساس، به رفتار منجر می‌شود؛ یعنی نفرت ما را به سمت مقابله به مثل با خشونت و ستیز ناشی از (دشمن) آزار و تهدیدمان سوق می‌دهد. کینه ترسی است که شکل دشمنی و ستیز به خون گرفته است، اگر از دست دیگران، ناراحت، منزجر و متنفریم، به این معنی

است که ضعیف هستیم. انسان مقتدر آنقدر بزرگ، نفوذناپذیر، غیرقابل تسخیر و نامحدود است که ضربه نمی‌خورد و چون اقتدار نقطه ضعف و پاشنه آشیل ندارد، آسیب نمی بیند و در نتیجه احساسات منفی چون خشم و نفرت را نیز تجربه نمی‌کند. بر این اساس ما به سیزان اقتدار خود

ضربه می خوریم و در نتیجه متنفر می‌شویم.  هر چه قوی تر باشیم کمتر آسیب می بینیم و هر چه کمتر آسیب ببینیم کمتر خشمگین می‌شویم و کمتر در صدد تلافی بر می‌آئیم. همیشه این حقیقت بزرگ را به یاد داشته باشید:

اگر کسی با رفتارش به ما ضربه می زند، اگر دوستی با حرف هایش ما را می‌رنجاند و سبب ناراحتی و خشم ما می‌شود، به این معنی نیست که ما با انسان مشکل داری روبه رو هستیم، بلکه نشانه آن است که انسان مشکل دار و رشد نیافته‌ای در درون ما حضور دارد.

# سلطان زندگی خود باشیم

روزی فردریک کبیر، امپراتور روس، در اطراف برلین قدم می زد که با پیرمردی که مثل شاخ شمشاد از جهت مخالف می آمد، روبه رو شد.

فردریک از پیرمرد پرسید: "تو کیستی؟"

پیرمرد جواب داد: "من یک شاه هستم."

فردریک لبخندی زد و گفت: "یک شاه! قلمرو سلطنت تو کجاست؟"

پیرمرد مغرور جواب داد: **"خودم، هر یک از ما سلطان زندگی خود هستیم. "**

**نکته:** قبل از مدیریت بر خانه، سازمان یا اداره و جامعه بر خود مدیریت کنیم و مدیر خود باشیم.

**سرباز یعنی کسی که « خودش » را تسخیر می‌کند.**

# بخیل و درویش

درویشی نزد بخیلی معروف رفت و از او حاجتی خواست. بخیل گفت: "تو اول یک حاجت مرا برآورده کن تا من هر حاجتی که کنی برآورم. "

درویش گفت: " بفرمای که آن حاجت چیست؟"

بخیل گفت: "این که هرگز از من حاجت نخواهی. "

نکته: بخل و خست نتیجه کمبود و پوچی و خودبینی است. زندگی از قواعد مشخص و صریح تشکیل شده و یکی از آن ها این است:

**شما آنچه ندارید نمی‌توانید ببخشید.**

**ذات نایافته از هستی بخش**

### کی تواند که شود هستی بخش

همان طور که لیوان خالی چیزی برای عرضه ندارد، ما هم به اندازه داشته هایمان می‌توانیم ببخشیم. به میزان عشقی که در وجودمان داریم، می‌توانیم عشق ورزی کنیم.

همان قدر که احساس امنیت می‌کنیم، می‌توانیم امنیت ببخشیم؛ به اندازه ای که از آرامش و شادی برخورداریم، می‌توانیم آرامش ببخشیم.  فرد تنگدست دست گشاده ندارد. انسان محتاج نمی‌تواند حاجت کسی را برآورده سازد و بینوا نمی‌تواند کسی را به نوا برساند.

### برگ سبزی است تحفه درویش

### چه کند بینوا ندارد بیش

غریق نمی‌تواند نجات غریق باشد؛ زیرا نه تنها نمی‌تواند به دیگران یاری رساند، بلکه هر کس را که دست کمک به سویش دراز کند به زیر می‌کشد تا خود نجات یابد.

# این بار اولته!

زوجی بیست وهشتمین سالگرد ازدواجشان را جشن گرفتند.  آن ها در شهر خود مشهور بودند زیرا در طول این بیست و هشت سال کوچک ترین اختلافی با هم نداشتند. در این مراسم سردبیران روزنامه های محلی هم حضور داشتند تا به راز خوشبختی آن‌ها پی ببرند.

یکی از سردبیران گفت: "آقا باورکردنی نیست.  چنین چیزی چطور ممکنه؟"

مرد روزهای ماه عسل را به یاد آورد و گفت: "بعد از ازدواج برای ماه عسل به شمال رفتیم.  آن جا برای اسب سواری دو اسب مختلف انتخاب کردیم؛ اسبی که من انتخاب کرده بودم خوب بود ولی اسب همسرم به نظر کمی سرکش می آمد.  در راه ناگهان اسب همسرم پرید و او را به زمین انداخت.  همسرم خود را جمع وجور کرد و به پشت اسب زد و گفت: "این بار اولته!"

و بعد سوار اسب شد.  پس از چند دقیقه دوباره همان اتفاق افتاد.  این بار همسرم باآرامش به اسب نگاهی کرد و گفت: " این بار دومته!" و راه افتادیم.

وقتی اسب برای سومین بار همسرم را انداخت، او با آرامش کامل تفنگش را درآورد و به اسب شلیک کرد و او را کشت. سر همسرم داد کشیدم و گفتم: "چی کار کردی روانی؟ دیوانه شدی؟ حیوان بیچاره را چرا کشتی؟"

همسرم به من نگاهی کرد و گفت: "این بار اولته!"

**نکته:** برای مدیریت راهبری دیگران یا باید آن ها را تحت تأثیر قرار بدهید یا با استفاده از ابزار «تهدید» و « ترس» کنترلشان کنید.  افراد مقتدر و با جذبه نیازی به کنترل دیگران ندارند، زیرا شخصیت و اقتدار درونی شان افراد را هدایت می‌کند؛ اما افراد بی مایه و ضعیف چون نیروی اقتدار ندارند، مجبورند با تطمیع و تهدید، افراد را به اطاعت وا دارند. اراده انسان‌های مقتدر آنقدر فولادین است که آن ها را به سوی پیشرفت سوق می‌دهد.  در واقع خداوند است که نیروی اراده را در وجود انسان‌ها به جوشش در می‌آورد.  از نظر ادیان بزرگ رجوع به خدا به سبب ذات او صورت می‌گیرد. جذابیت خداوند بقدری است که می‌توان به چشم یک دوست و معشوق به او نگریست.  انسان‌های مقتدر به او احترام می‌گذارند و صمیمانه دوستش دارند؛ اما افراد فرومایه و ترسو با ارعاب و سرکوب راهبری می شوند.  در جامعه‌ای که حاکمان آن ضعیف و بی جذبه باشند ابزار زور، تهدید و خشونت برای کنترل رفتار شهروندان به کار برده می‌شود. کارکنان و کارگران یک مدیر و رهبر اصیل با جان و دل برایش کار می‌کنند؛ اما **در مدیریت مبتنی بر کنترل بیرونی، کارمندان و کارگران تا زمانی که رئیس حضور داشته باشد مشغول به‌کارند.**

**نیروی جذابیت در رابطه عاشقانه دو طرف را یکی می انگارد اما در رابطه‌های فاقد عشق دو طرف را جدا انگاشته و آن ها را کنترل کننده یکدیگر می‌داند.**

**ترس از دست دادن طرف مقابل باعث ایجاد محدودیت و کنترل شدید رفتارهای یکدیگرمی‌شود.  همسران یا باید باقدرت جذابیت و نیروی درونی معشوق خود را نگه دارند یا باید از ابزار کنترلی و نظارتی که محدود کننده آزادی انسانی است، برای نگه داشتن طرف مقابل استفاده کنند.** شما چطور بر اطرافیانتان اثر می‌گذارید؟ آیا شما را دوست دارند یا به سبب آنچه که هستید یا آنچه که دارید با شما همراه‌اند؟

# ملانصرالدین و سگ شکاری

ملانصرالدین سگ شکاری داشت و هراز گاهی با او به شکار می رفت. اما سگ همیشه در تعقیب حیوانات قافیه را می باخت و نمی‌توانست خود را به شکار برساند. روزی سگ به تعقیب گرگی پرداخت اما کمافی السابق گرگ از سگ تندتر دوید و از آب گذشت و از مهلکه جان به در برد.

گرگ گفت: "تو هیچ وقت نمی‌توانی به من برسی. می دانی چرا؟"

سگ پرسید: "چرا؟"

گرگ گفت: "زیرا تو برای نان می دوی و من برای جان."

**نکته**: یک دقیقه زیاد است یا کم؟ به عوامل زیادی بستگی دارد. کسی که سرش زیر آب است زمان برایش به کُندی سپری می‌شود تا جائی که یک دقیقه بسیار طولانی می نماید؛ اما یک دقیقه برای کسی که فقط لحظاتی از زندگی اش باقی مانده بسیار کوتاه است و سریع می‌گذرد. انشتین نسبیت زمان را در جمله ای معروف ای نگونه بیان می‌کند: "اگر یک ساعت با خانمی زیبا صحبت کنید به نظرتان یک دقیقه گذشته است اما اگر یک دقیقه روی بخاری داغ بنشینید به نظرتان یک ساعت گذشته است."

مسافت نیز مانند « زمان » از الگوی نسبیت پیروی می‌کند. به این صورت که نزدیک و دوربودن فواصل بستگی به میزان انگیزه های شما برای طی کردن آن مسافت دارد.

صائب تبریزی با نگاهی ژرف نسبیت مکان را این گونه توضیح می‌دهد:

**می‌توان رفت به یک چشم پریدن تا مصر**

**بوی پیراهن اگر قافله سالار شود**

این که شما چقدر با « مصرِ » اهداف و خواسته هایتان فاصله داشته باشید و چه زمانی به آنها برسید منبعث از شدت شوق و نیروی انگیزشی شماست.

چراها، دلایل و انگیزه هایتان تعیین کننده این واقعیت هستند که فاصله میان وضع موجود (نقطه ای که هم اکنون در نمودار زندگی‌تان در آن قرار دارید) و وضع مطلوب (مدینه فاضله اهدافتان) را با چه سرعتی طی می‌کنید و چه هنگام به آن می‌رسید. **در دنیای نسبیت یک لاک پشت باانگیزه سریع تر از یک خرگوش تنبل به خط پایان می‌رسد.**

فاصلۀ بین دو نقطه ثابت، مشخص و قابل اندازه گیری نیست، بلکه تابعی از سرعت سوژه ای است که این فاصله را می پیماید.

هرچه سوژه با سرعت بیشتری حرکت نماید فضا منقبض و فشرده تر می‌شود و هرچه با سرعت کمتری حرکت کند فاصله منبسط و گسترده تر می‌شود. به همین دلیل است که به گفته دانشمندان فاصله میان دو اتم از فاصله میان دو ستاره بیشتر است. **سرعت شما (انگیزه هایتان) فاصله و زمان بین شما و نتایج دلخواهتان را مشخص می‌کند.** لذا انسان نابینا و فلج اما با انگیزه که هدفش رسیدن به کره ماه است زودتر به مقصد می‌رسد تا انسان بی انگیزه ای که می خواهد از خانه به محل کارش برسد. فرزانه ای ژرف نگر در این باره می‌گوید: **به من بگو چقدر مصمم و باانگیز های تا به تو بگویم کی به خواست هات می رسی.** مولوی هم قدرت اشتیاق و عشق به هدف را این گونه توصیف می‌کند:

| | |
|---|---|
| **عقل تا تدبیر و اندیشه کند** | **رفته باشد عشق تا هفتم سما** |
| **عقل تا جوید شتر از بهر حج** | **رفته باشد عشق بر کوه صفا** |

# کشاورز و شانس

کشاورزی که برای دروکردن گندم هایش به مزرعه رفته بود، پس از کمی کار احساس خستگی کرد و گوشه ای دراز کشید و به خواب رفت. در همین زمان« شانس» که از آن طرف ها رد می‌شد او را دید و بالا سرش رفت و گفت: وا!! موقعی که باید کار کنه خوابیده؛ هوا ابری است و به زودی باران می‌آید و او با این طرز کارکردن نمی‌تواند قبل از بارش باران علف ها را درو کند و به انبار ببرد؛ آن وقت شانس خود را سرزنش می‌کند و می‌گوید از شانس بدش است که کارهایش مانده و بعد هم به من لعنت می فرستد!"

**نکته:** جولیان راتر، روا نشناس، اولین بار از اصطلاح "مرکز یا مکان کنترل" استفاده کرد. او افراد را به دو گروه تقسیم نمود:

۱- **کنترل درونی ها:** کسانی که موفقیت ها و شکست های زندگی را به خود نسبت می‌دهند و ایمان دارند خودشان مسئول زندگی خویش اند و کیفیت زندگی به انتخاب ها و تلاش هایشان بستگی دارد. شعار آن ها این است: "تقصیر ماست، نه تقدیر ما"

۲- **کنترل بیرونی ها:** افرادی که دلیل موفقیت یا شکست های خود را به عوامل بیرونی از جمله شانس، تقدیر و سختی شرایط ربط می‌دهند. این گونه افراد تمایل دارند رفتارهای خود را به نیروهای خارج از توان و اراده شان نسبت دهند و برخلاف کنترل درونی ها معتقدند در سرنوشت خود دخیل نیستند.

حال باید پرسید مرکز کنترل شما بیرونی است یا درونی؟

دیوانگی است قصه تقدیر و بخت نیست

از بام سرنگون شدن و گفتن این قضاست

پروین اعتصامی

# تخم طلایی

روزی زارعی فقیر در لانه غاز خود تخمی زرین یافت. نخست پنداشت نیرنگی در کار است، از این رو تخم را به گوشه ای پرتاب کرد اما ناگهان این فکر از سرش گذشت که آن را بردارد و بیازماید.

تخم طلا خالص بود اما زارع خوش اقبالی خود را باور نکرد. روز بعد که تخم طلای دیگری یافت، باحیرت دریافت که اقبال به او روی آورده. روزها از پی هم می گذشتند و زارع تخم طلای دیگری به دست می‌آورد. در اندک زمانی ثروتی افسانه ای به دست آورد، عالی تر از آن که حقیقت بنماید.

اما هرچه ثروت او بیشتر می‌شد، حرص و بی صبری اش نیز فزونی می یافت. زارع ناشکیبا از این که باید صبر کند و هر روز یک تخم طلا به دست آورد، بر آن شد غاز را بکشد و به یک باره تمام تخم های طلا را به دست آورد؛ اما وقتی شکم غاز را پاره کرد، آن را خالی یافت، خالی از تخم طلا. اینک دیگر هیچ تخم ها طلائی وجود نداشت زیرا غازی که تخم ها را تولید می‌کرد کشته شده بود.

**نکته:** قانونی طبیعی در این حکایت توصیف « اقتدار فردی » است. نگرش بیشتر مردم درباره اقتدار فردی مانند تخم طلاست؛ یعنی هرچه بیشتر تولید کنی یا کار انجام دهی، اقتدار بیشتری خواهی داشت اما همان طور که داستان نشان می‌دهد، اقتدار راستین، حاصلِ کنش دو چیز است: آنچه تولید می‌شود (تخم های طلا) و سرمایه یا قابلیت تولید (غاز).

اگر الگوی زندگی تان به گونه ای باشد که بر تخم های طلا تکیه کنید و غاز را نادیده بگیرید، چندی نخواهد گذشت که دارایی یا سرمایه ای را که تخم های طلا را تولید می‌کند نخواهید داشت. از سوی دیگر، اگر فقط از غاز مراقبت کنید بی آن، که هدفتان حصول تخم های طلا

باشد، چندی نخواهد گذشت که چیزی نخواهید داشت تا به وسیله آن به خودتان یا غاز خوراک برسانید. **اقتدار در تعادل نهفته است؛ یعنی** در آنچه تعادل میان «قابلیت تولید» و «تولید» می‌خوانیم، تعادل میان نتایج دلخواه (یا تخم‌های طلا) و قابلیت تولید (به معنای گنجایش و توانایی یا سرمایه‌ای که تخم‌های طلا را تولید می‌کند).

در حالت کلی سه نوع سرمایه وجود دارد **فیزیکی، مالی، انسانی.**

چند سال پیش یک چمن زن برقی خریدم و بی آن که کاری برای حفظ و نگهداری‌اش کنم بارها و بارها از آن استفاده کردم. چمن زن در دو فصل خوب کار کرد تا این که ناگهان خراب شد. وقتی خواستم چمن زن را برای تعمیر ببرم، دریافتم موتورش نیمی از ظرفیت اولیه خود را از دست داده و دیگر به درد نمی خورد. اگر در مورد قابلیت تولید (حفظ و نگهداری دارایی‌ام) درست سرمایه گذاری کرده بودم، هنوز می‌توانستم از تولید آن (چمن بریده شده) بهره مند شوم. اگر آن را به موقع تعمیر کرده بودم، وقت و هزین ه کمتری صرف می‌شد اما اکنون باید چمن زنی نو را جانشین آن کنم. **اغلب در جستجوی ثمرات یا نتایج کوتاه مدت دارایی‌هایی ارزشمند (اتومبیل،کامپیوتر، ماشین لباسشویی یا حتی جسم و محیطمان) را نابود می‌کنیم. حفظ تعادل میان تولید و قابلیت تولید در استفاده مؤثر از دارایی‌های فیزیکی اهمیتی ویژه دارد.**

حفظ تعادل در استفاده از دارایی های مالی نیز شایان اهمیت است. چندبار پیش آمده که افراد سرمایه اصلی را با سود اشتباه گرفته اند؟

آیا اتفاق افتاده است که برای بالابردن سطح زندگی تان (به منظور کسب تخم های طلای بیشتر) به اصل سرمایه خود لطمه زده باشید؟

اصل سرمایه که کاهش یابد، قدرت تولید سود یا درآمد آن کمتر می‌شود و سرمایه‌ای که تحلیل رود، آنقدر کاهش می‌یابد تا این که دیگر توان برطرف کردن نیازهای اساسی را نیز نخواهد داشت.

مهم‌ترین سرمایه مالی ما، **قابلیت تولید** ماست. اگر پیوسته برای بهبود قابلیت تولیدمان سرمایه گذاری نکنیم، به شدت انتخاب های خود را محدود می‌کنیم و هراسان از وضع شرکت خود یا نظری که رئیسمان درباره ما دارد، در وضعیت کنونی خویش محبوس می‌شویم. از نظر اقتصادی نیز به دیگری متکی می‌شویم و حالت تدافعی به خود می‌گیریم.

حفظ تعادل میان «تولید» و «قابلیت تولید» در زمینه **انسانی** نیز اهمیتی اساسی و حتی مهم تر از آن دارد، زیرا در این میان افرادی هستند که دارایی های فیزیکی و مالی را کنترل می‌کنند.

وقتی زن و شوهر در زندگی زناشویی به کسب تخم های طلا و منافع بیش از حفظ رابطه (که اکتساب تخم های طلا را ممکن می‌سازد) علاقه نشان می‌دهند، اغلب بی احساس و بی ملاحظه می‌شوند و مهربانی های کوچک و آدابی را که برای رابطه عمیق ضرورت دارند، نادیده می‌گیرند. پس شروع می‌کنند به استفاده از اهرم‌های مداخله تا یکدیگر را کنترل کنند، بر نیازهای خود متمرکز شوند، موضع خود را توجیه کنند و دنبال دلایلی بگردند تا اشتباه طرف مقابل را خاطرنشان سازند. محبت و غنا و نرمی و خودانگیختگی به تدریج از بین می رود؛ غاز روزبه روز بیمارتر می‌شود.

# راه حل مشکل

زن مسنی به جرم قتل شوهر سومش محاکمه می‌شد. وکیل از او پرسید: "بر سر شوهر اولتان چه آمد؟"

زن جواب داد: "بر اثر مسمومیت ناشی از قارچ مرد."

وکیل: "شوهر دومتان چگونه مرد؟"

زن جواب داد: "او هم بر اثر مسمومیت ناشی از قارچ مرد."

وکیل: "بر سر شوهر سومتان چه آمد؟"

زن گفت: "او بر اثر ضربه مغزی مرد."

وکیل پرسید: "چگونه این اتفاق افتاد؟"

زن در جواب گفت: "او قارچ نمی خورد."

**نکته:** انسان‌های موفق همیشه بیش از یک راه حل برای حل مشکلاتشان دارند. اگر انسان‌ها فکر کنند که برای مشکلشان فقط یک راه حل وجود دارد، در اشتباه هستند. اگر راه های زیادی برای حل مشکلاتتان پیدا کنید، به خودتان حق انتخاب می دهید؛ اگر اولین راه حل شما را به نتیجه نرساند، می‌توانید از راه حل بعدی استفاده کنید.

# انتقام

سال ها مجسمه یک زن و یک مرد که رو به روی یکدیگر با فاصله ای اندک ایستاده بودند و به چشم های هم نگاه می‌کردند و لبخند می زدند در پارکی در نیویورک قرار داشتند. یک روز صبح زود فرشته ای آمد و پشت سر آن دو ایستاد و گفت: "از آن جا که شما مجسمه های خوب و ارزنده‌ای بودید و به مردم شادی بخشیدید، بزرگ‌ترین آرزوی شما را که زندگی کردن و زنده بودن مانند انسان‌هاست برآورده می‌کنم. بیست دقیقه فرصت دارید هر کاری دوست دارید انجام بدهید."

بلافاصله بعد از پایان جمله فرشته مجسمه ها تبدیل به دو انسان واقعی شدند: یک زن و یک مرد.

آن دو به هم لبخند زدند و به سمت بوته ها و درخت‌هایی دویدند که در همان نزدیکی بود. آن ها پشت بوته ها و کنار کبوترانی که همان دور و بر می‌پریدند گم شدند. فرشته با شنیدن صدای خنده آن ها، لبخندی از سر رضایت زد. آن دو پس از ده دقیقه از پشت بوته‌ها بیرون آمدند. فرشته متعجب به ساعتش نگاهی کرد و گفت: "هنوز از بیست دقیقه فرصت تان ده دقیقه باقی مانده است!"

مرد با نگاهی شیطنت آمیز به زن نگاه کرد و گفت: "می‌خواهی یک بار دیگه این کار را انجام بدهیم؟"

زن بالبخند جواب داد: "البته، ولی این بار تو کبوتر را نگه دار که من روی سرش خراب‌کاری کنم."

**نکته:** روحیه انتقام جویی علاوه بر این که فرصت های ارزشمند زندگی را می‌گیرد، انسان را هم به رنج و عذاب دچار می‌کند. وقار و طمأنینه نشانه امنیت خاطر و اقتدار شخصی است. به خصوص زمانی که آرامش و منافعمان با ندانم کاری ها و غرض ورزی های اطرافیان مورد تعرض و تهدید قرار می‌گیرد. یکی از بزرگ ترین ملاک های قدرت فردی شما، توانایی هضم رفتار اشتباه دیگران و چشم پوشی از خطای آنان است. بزرگ و کوچکی خطاهای دیگران امری نسبی است و رابطه‌ای مستقیم با بزرگی و کوچکی ما دارد. اگر نمی‌توانید کسی را ببخشید و گناه او را نابخشودنی می‌پندارید، به دنیای بیرون و بزرگی گناه دیگران ربطی ندارد، بلکه به حقارت و کوچکی خود مربوط می‌شود. به من بگو چه گناهی را نابخشودنی می‌دانی تا به تو بگویم چه کسی هستی و در چه درجه ای از رشد و توانمندی شخصی قرار داری.

# حکایت حریص و حسود

حریص و حسود نزد شاه رفتند. شاه گفت: "یکی از شما دو نفر می‌تواند چیزی از من تقاضا کند، مشروط بر این که هر چه بخواهد دو برابرش در اختیار دیگری قرار گیرد." حسود نمی‌خواست اولین نفری باشد که چیزی تقاضا می‌کند زیرا از پیش به فردی که طبعاً دو برابر آن چیز را می‌گرفت حسادت می‌ورزید. آزمند هم نمی خواست اولین نفری باشد که چیزی درخواست می‌کند زیرا حریصانه می‌خواست چنگ بیندازد و چیزهای بیشتری بگیرد. سرانجام حسود با زور و فشار حریص خواسته اش را مطرح کرد؛ حسود از پادشاه خواست تا یکی از چشمانش را از حدقه درآورد!

**نکته:** احساس حسادت آدمی را به رنج و عذاب دچار می سازد. متأسفانه بعضی از ما در برابر افراد توانا، قابل و ماهر، دچار آشفتگی، ابهام و احساس عدم امنیت می‌شویم. از آن جا که احساس عظمت و ابهت یکی از اساسی ترین خواهش های فطری بشر است، وقتی فردی را یک سر و گردن بالاتر از خود حس می‌کنیم در ارضای این انگیزه نفسانی به اصطلاح کم می‌آوریم و خود را ناتوان حس می‌کنیم.

حسادت با این اندیشه آغاز می‌شود که اگر از مهارت و قابلیت طرف مقابل برخوردار بودیم وضعمان از هر جهت بهتر می‌شد. اما این احساس ویرانگر نه تنها ذره ای از توانایی و موفقیتی را که به آن رشک می ورزیم در اختیارمان نمی‌گذارد، بلکه آرامش و آسودگی خیال را نیز از ما می‌گیرد. حسادت از نظر جامعه بسیار ناپسند و منفور است، برای همین اغلب آن را توجیه کرده و از پذیرفتنش شانه خالی می‌کنیم. از طرفی، حسادت زائیده احساس حقارت است و کمتر کسی به احساس حقارتش اعتراف می‌کند. این مهمان ناخوانده بی سر و صدا در ژرفای وجودمان جا خوش می‌کند؛ سپس با توجیه های پوچ و میان تهی می‌مانند: "او ممکن است باهوش تر از من باشد اما وجدان، ندارد و تابع اصول, اخلاقی نیست." یا "درست است که کسب و کارش گرفته و اعتبار فراوانی دارد، اما ثروت و شهرتش را با تقلب و دغل کاری به دست آورده است."

از این زخم عفونی محافظت می‌کنیم و اجازه نمی‌دهیم چون دملی چرکین سر باز کرده و اعماق و زوایای باطنمان از لوث وجودش پاک و تصفیه شود. برخی افراد حسود به جای تهمت و افترا، تعریف و تمجید می‌کند و از این راه حسادتشان را پنهان می‌ کنند. برای غلبه بر احساس موذی و مخرب حسادت چند راهکار توصیه می‌شود:

نخست این واقعیت را بپذیرید که شما همواره با افرادی روبه رو هستید که از بعضی جهات نسبت به شما برترند و حسادت تان نسبت به آن ها امری کاملاً طبیعی و بهنجار است. در عین حال می‌توانید برداشت تان را نسبت به برتری آنان تغییر داده و آن را انگیزه ای برای تحقق طرح ها و اهداف بزرگ تر و در نتیجه پیشی گرفتن از آن ها تلقی کنید. به جای این که به حسادت اجازه دهید در زوایای باطنتان پنهان شده و چون یک انگل روانی ذره ذره وجودتان را بساید، از آن تخته پرش بسازید تا شما را به سطوح بالاتر و برتر هدایت کند.

دوم، باور کنید به مجرد این که بر میزان ثروت و دولت تان افزوده شود، افراد پایین تر از شما به موفقیت تان رشک می ورزند و در غل و زنجیر این احساس مخرب اسیر و زندانی می‌شوند. پس به سادگی و بی پیرایگی این افراد اعتماد نکرده و حسن نیتشان را قطعی تلقی نکنید.

فقط بکوشید از ورای انتقادها و حرف های نیشدارشان علائمی حاکی از خنجرزدن از پشت، نگاه های بغض آلود و بی میل و تحسین های افراطی شان، که شما را برای سقوط آماده می‌کند، ذهن و احساسشان را بخوانید. نیمی از مسائل ناشی از حسادت فقط به این دلیل رخ می‌دهند که خیلی دیر به وجودشان پی می‌بریم. افرادی که قابلیت‌ها و مهارت های بالا دارند، تا حد ممکن نباید استعدادها و موهبت های طبیعی شان را تبلیغ کنند. به علاوه، لازم است پیش از برانگیخته شدن حسادت با اشاره به یکی دو نقص که به موقعیتشان آسیب نمی زنند، فشار روانی افراد را کاهش دهند. این طرز تفکر که می‌توانیم با استعدادهای طبیعی مان دیگران را مسحور و مفتون کنیم، خطایی مخرب و ساده لوحی محض است، زیرا با این کار، بذرهای نفرت را در دل بعضی افراد افشانده و به انگیزه حسادتشان پر و بال می‌دهیم.

تقدیر ناگهانی خطری بزرگ در قلمرو اقتدار به شمار می‌آید. ترفیع غیرمنتظره یا توفیقی که به ظاهر سزاوارش نیستید، حسادت هم پایگان شما را بر می‌انگیزد. برای دفع این احساس باید متقاعدشان کنید که کامیابی و خرسندی تان برای آنان نیز دست یافتنی است.

همچنین بادقت و تیزهوشی تأکید کنید که موفقیت شما تنها زاییده شانس و اقبال است. در عین حال مراقب باشید افرادی که از شما عقب افتاده اند فروتنی تان را باور کنند. در غیر این صورت بر احساس حسادت و حقارتشان می افزایید و مشکل را دوچندان می‌کنید.

علف های هرز باغ وجود تان وقتی به باغتان آب می دهید به سبب بزرگی و پرشاخ و برگ بودن مانع رشد و شکوفایی گل های رنگارنگ باغ می‌شوند. بنابراین پیش از آن که تمام باغ وجودتان را علف هرز فرا گیرد و گل ها و درختان ثمربخش آن به زردی گرایند، ریشه علف ها را بخشکانید؛ همین امروز علف های هرز حسادت را با از بین بردن مواد تغذیه کننده اش از بین ببرید.

# هر سخن جائی و هر نکته مکانی دارد

یک شب آرایشگری در مکانی مقدس که مراسمی مذهبی در آن برقرار بود، تغییر مذهب داد. روز بعد او که هنوز از کار خود هیجان زده بود تصمیم گرفت الهاماتش را با مشتریانش در میان بگذارد. اولین مشتری برای اصلاح کردن داخل شد و آرایشگر نوک تیز تیغ سلمانی را بر گلوی مشتری گذاشت و در همین حین هم از او پرسید: "آیا می خواهی خدا را ببینی؟"

مشتری دو پا داشت و دو پا هم قرض گرفت و از آرایشگاه فرار کرد. به ظاهر سؤال خوبی مطرح شده بود اما مکان و زمانش نامناسب بود و از آن بدتر، شیوه پرسش سؤال بود.

**نکته:** پرسش ها می‌توانند افرادی را که با آن ها مذاکره می‌کنید، تهدید یا دلخور کنند. این خطر وجود دارد که زمان یا حالت پرسش شما باعث نگرانی افرادی شود که با آن ها مذاکره می‌کنید. باید در مورد شیوه ای که مردم نسبت به سؤال های شما واکنش نشان می‌دهند حساس باشید، بنابراین به انواع سؤالاتی که می پرسید به طور دقیق توجه داشته باشید و به صورتی بپرسید که حالت مثبت داشته و تهدیدآمیز تلقی نشوند.


# به تئاتر نرو!

هنرپیشه ای به نام « چارلز کوبرن » تعریف می‌کرد که پدرش مردی بسیار مذهبی بود و روزی به او درباره شر موجود به خصوص در تئاترهای شهر، هشدار داد.

او هم از پدرش می‌پرسد: " منظورتان چه نوع تئاتری است؟"

پدر پاسخ می‌دهد: "منظورم تئاترهای تفریحی و هیجانی اس که مناسب سن تو لیست. به هیچ وجه به چنین تئارهایی نرو. "

کوبرن به سرعت می‌پرسد: "چرا؟"

پدر می‌گوید: "در آنجا چیزهایی می بینی که نباید ببینی!"

این مسئله کنجکاوی کوبرن را برمی‌انگیزد و هنوز چند روزی نگذشته به آن جا می‌رود. او می‌گوید: "متوجه شدم پدرم درست می‌گوید؛ من چیزی را دیدم که نباید می‌دیدم؛ من پدرم را در آنجا دیدم."

**نکته:** حقیقت تلخ این است که بسیاری از انسان‌ها همیشه با ریاکاری زندگی کرده‌اند. در حالت کلی هر چه فرد ارزش بیشتری برای خود قائل باشد، کمتر به قضاوت و ارزیابی دیگران اهمیت می‌دهد و کمتر برای خشنودی و جلب نظر و توجه دیگران تلاش می‌کند. اما فردی که دچار عقده حقارت است استراتژی زندگی‌اش را بر اثبات خود به دیگران و سعی در جلب محبت و احترام دیگران بنیاد می گذارد. او مزورانه با پنهان نگهداشتن ضعف ها یا ارائه تصویر ایده آل از خود به دیگران و انتساب صفت‌ها و خصوصیات اخلاقی و ارزشی به خود که فاقدشان است، می‌خواهد دیگران او را به رسمیت بشناسند و بپذیرند.  از این منظر فرد ریاکار به این که چه نقصان و کژرفتاری ها یاخلاقی دارد، اهمیت نمی‌دهد و فقط نگران قضاوت دیگران است.

به طور مثال، فرد ریاکار از این ناراحت نیست که دروغ می‌گوید از این ناراحت است که دیگران بفهمند دروغگوست (و وجهه اش خراب شود).

فرد ریاکار آنقدر که از آشکارشدن بدزبانی اش ناراحت می‌شود، از این حقیقت که بدزبان است ناراحت نیست.

او دغدغه اختلاف با همسرش را ندارد. اما از این که دیگران پی به این واقعیت ببرند، نگران است.

از نظر فرد ریاکار مصرف مواد مخدر و دیدن فیلم های مبتذل زشت نیست، زشت این است که دیگران متوجه این مسائل شوند.

ریاکار محترم نیست و این مسئله او را آزار نمی‌دهد اما دوست دارد دیگران محترمانه با وی برخورد نمایند.

ارسطو می‌گوید:

**محترم بودن شما مهم است**

**نه احترامی که دیگران به شما می‌گذارند**

اما برای فرد ریاکار قضیه برعکس است، انسان موجه و محترم بودن مهم نیست، بلکه کسب احترام دیگران مهم است.  فلسفه ریاکار این است:

اهمیتی ندارد چه کسی هستم، چگونه رفتار می‌کنم و خود را چگونه می‌بینم؛ بلکه مهم این است که دیگران درباره‌ام چگونه می‌اندیشند.

بنابراین ملاک وی برای پایبندی به مسائل اخلاقی نه قبح آن اعمال که ترس از کشف و آشکارشدن رفتارها یش است. در نتیجه بازدارندگی در افراد ریاکار بیرونی است نه درونی.

به حکایت دیگری توجه نمایید:

راننده ای با وجود مشاهده تابلوی « ورود ممنوع» وارد خیابانی یک طرفه می‌شود، اما کمی که جلو می رود متوجه افسر راهنمایی می‌شود و افسر او را متوقف می‌کند و می‌پرسد: "مگر تابلوی ورود ممنوع را ندیدی؟"

راننده پاسخ می‌دهد: "چرا قربان ولی شما را ندیدم."

به این ترتیب می بینیم که یک فرد ریاکار اهمیت و ارزشی برای خود قائل نیست. او اصلاً به خود اهمیت نمی‌دهد، بلکه برداشت دیگران از خود را بیشتر بها می‌دهد. او آنقدر که از آشکارشدن پلشتی های شخصیتی اش معذب است، از وجود آ نها در رنج نیست.

خلاصه کلام، روند شکل گیری ریا بدین شکل است که هر کس خود را دوست نداشته باشد (فاقد عزت نفس باشد):

- **برای جبران احساس حقارت باید از دیگران احترام و محبت گدایی کند.**
- **برای جلب احترام و توجه باید خود را فردی محترم و قابل ستایش نشان دهد.**

در نتیجه فرد برای اثبات محترم بودن از طریق ریا، تزویر و دروغ:

الف: زشتی های خود را مخفی می‌کند.

ب: ادعای فضایل اخلاقی نداشته را دارد و با تقلب آن ها را در جمع به نمایش می گذارد.

در پایان خوب است از خود سؤال کنیم: "اگر کسی در کنار ما حضور نداشته باشد چند درصد از کارهایی را که انجام می‌دهیم، انجام نمی دادیم؟ به عبارت دیگر چون تماشاچی نداریم آن ها را انجام نمی‌دهیم.  اگر مطمئن باشیم روری ستوجه کارهائی که انجام می‌دهیم، می‌شوند، کدام یک از آن ها را انجام نمی دادیم. "

# نه خانی آمده، نه خانی رفته!

یکی بود، یکی نبود.  در یک روستای دورافتاده مردی زندگی می‌کرد که آرزو داشت مثل اعیان و اشراف و خا نها زندگی کند؛ اما نه پول زیاد داشت و نه گاو و گوسفند و نوکر و کلفت.  آن مرد

با صرفه جویی زیاد زندگی می‌کرد تا شاید پولی پس انداز کند، اما به قول معروف همیشه هشتش گرو نُهش بود!

از قضا روزی به شهر رفت تا چیزی بفروشد. بعد از فروش جنس هایش وقتی خواست به روستا برگردد ناگهان چشمش به دکان میوه فروشی افتاد. خربزه ای نظرش را جلب کرد و با خود گفت: "کاش پول زیادی داشتم و یک خربزه می‌خریدم."

اما بلافاصله تغییر نظر داد و به خود گفت: "همین که ناهار مختصری بخرم تا از گرسنگی نمیرم، کافی است. نباید ولخرجی بکنم."

مرد روستایی از جلو دکان میوه فروشی عبور کرد و چند قدمی دور شد؛ اما میل به خوردن خربزه نگذاشت جلوتر برود. با خود گفت: "چطور است به جای ناهار یک خربزه بخرم و بخورم؟ با خوردن آن سیر می شوم و دیگر لازم نیست ناهار بخرم."

با این فکر برگشت و خربزه ای خرید و از شهر خارج شد. درختی پیدا کرد و زیر سایه درخت نشست. چاقو را از جیبش در آورد، خربزه را قاچ کرد، مشغول خوردن آن شد و با خود گفت: "پوست خربزه را نمی‌تراشم تا هر کس که از این جا عبور کرد و آن را دید، بگوید یک خان از این جا گذشته!" خربزه را خورده و پوستش را رها کرده.

از این رو تصمیم گرفت مثل خان ها بلند شود و به راهش ادامه دهد، اما هنوز گرسنه بود و میل به خوردن خربزه آزارش می داد. با خود گفت: "ته پوست خربزه را هم می تراشم و می خورم اما خود پوست و تخمه هایش را می گذارم همین جا بماند. آن وقت هر کس از اینجا عبور کند، می‌گوید یک خان از این جا گذشته! خربزه را خورده و پوستش را هم به نوکرش داده تا بتراشد و بخُورد. این جوری بهتر است.".

مرد روستایی با این فکر پوست خربزه را هم تراشید و خورد، اما باز هم سیر نشد. دلش نمی‌خواست پوست را هم بخورد و در عین حال هم دوست نداشت از خوردن آن چشم بپوشد. سرانجام تسلیم شد و مشغول خوردن بقیه شد و با خود گفت: "همین که تخم های خربزه باقی بماند کافی است. هر کس از این جا عبور کند می‌گوید یک خان ثروتمند از این جا گذشته، خربزه را خودش خورده، ته خربزه را نوکرش تراشیده و خورده و پوست آن را هم داده به الاغش. چه خان مهمی که هم الاغ داشته، هم نوکر!"

پوست خربزه را هم خورد. حالا خان مانده بود و تخم های خربزه؛ اما هر کاری کرد نتوانست از تخم ها دل بکند. برای خوردن تخم های خربزه هیچ بهانه ای نداشت پس با بی میلی بلند شد و راه افتاد. چند قدمی که دور شد، دوباره برگشت و گفت: "نه ! از تخمه ها نمی‌توانم بگذرم؛ اما

نمی‌توانم هم بخورمشان. مردم چه می‌گویند؟ نمی‌گویند این چه خانی بوده که از تخم های خربزه چشم پوشی نکرده مرد روستایی دوباره به راه افتاد و چند قدمی از جایی که خربزه را خورده بود دور شد. به نظرش گذشتن از تخم های خربزه کارمهمی بود پس بادی به غبغب انداخت و مثل خان ها قدم برداشت. احساس می‌کرد پیاده نیست و بر الاغی که پوست خربزه را خورده سوار است و نوکری که پوست خربزه را تراشیده، دهنه الاغش را به دست دارد. اما عمر احساساتش کوتاه بود زیرا یکباره از خر شیطان پیاده شد و باعجله به طرف تخم های خربزه اش دوید و سریع آن ها را هم برداشت و با میل زیاد مشغول خوردنشان شد.

بعد هم گفت: "آخیش! راحت شدم. حالا انگار نه خانی آمده، نه خانی رفته. اصلاً هیچ خانی از این جا عبور نکرده و خربزه ای هم نداشته که بخورد."

این ضرب المثل را کسی می‌گوید که به انجام کاری تعهد داده و بعد پشیمان می‌شود. او با گفتن: "نه خانی آمده و نه خانی، رفته!" به دیگران نشان می‌دهد: "من اصلاً اهل این کار نیستم، دست از سرم بردارید."

**نکته:** خربزه خوردن خانِ خیالی نمادی از روش زندگی ما انسان‌هاست. ما دو نوع زندگی داریم:

- خصوصی
- اجتماعی

در ضمن با همسرمان نیز دو نوع برخورد داریم:

- در جمع
- در خلوت

به دو شکل رانندگی می‌کنیم:

- زمانی که تنها هستیم.
- هنگامی که دیگران در حال تماشای ما هستند.

خانه و محل کارمان نیز به دو شکل است:

- زمانی که تنهاییم.
- هنگامی که مهمان داریم.

این ضرب المثل بدان معناست که بود و نبود دیگران در نوع برخورد ما مؤثر است. این که چگونه انسانی باشیم و چگونه رفتار کنیم، متأثراز این است که آیا کسی رفتار ما را می بیند یا خیر (نگاه به منبع بیرونی) نه این که آن رفتار صحیح یا ناصحیح است (منبع درونی)!

باید بدانیم کسی که رفتاری ناشایست و مذموم در حضور دیگران ندارد، چون به خلوت خود می‌رود ممکن است چنین رفتارهایی ازاو سر بزند. با وجود این شخصیت اصلی ما در واقع همان گفتار و رفتاری است که پنهان از چشم دیگران انجام می‌دهیم.

# آدم برفی

صدها سال پیش کسی آدم برفی درست کرده و ما هم اکنون از او تقلید می‌کنیم و هر وقت برف می‌بارد، آدم برفی درست می‌کنیم. چندنفر تاکنون از برف، تمساح درست کرده‌اند؟

بزرگ ترین بیماری ما همین است، تفکر درباره موضوعی که پیش تر به آن فکر شده و خیال پردازی در مورد مطلبی که قبلاً درباره اش خیال پردازی شده است!

ارادل دمیرقیران

# شما اشتباه کردید

در گذشته ای نه چندان دور در همایشی در لاس وگاس شرکت کننده ای نزد من آمد و گفت: "چهار سال پیش در یکی از سمینارهایتان شرکت کرده بودم، شما گفتید اگر هدف های مالی روشن و مکتوب داشته باشید و هر روز در جهت ارتقای توانمندی ها و مهارت‌هایتان بکوشید درآمدتان دو برابر می‌شود."

سپس ادامه داد: "خب شما اشتباه می‌کردید آقای تریسی. من چهار سال گذشته تمام رهنمودهایتان را مو به مو اجرا کردم و درآمدم دوبرابر که نه بلکه حدود ده برابر افزایش یافت. امروز هنوز نمی‌توانم باور کنم که در مقایسه با چهار سال قبل که خود را وقف بهتر شدن نکرده بودم چگونه اینقدر زندگی مالی ام دگرگون شده است."

برایان تریسی

# تقلید کورکورانه

شاگردی که شیفته استادش بود تصمیم گرفت تمام حرکات و سکنات استادش را زیر نظر بگیرد. فکر می‌کرد اگر کارها ی او را بکند. فرزانگی او را هم کسب خواهد کرد. استاد فقط لباس سفید می‌پوشید، شاگرد هم فقط لباس سفید پوشید؛ استاد گیاهخوار بود، شاگرد هم خوردن گوشت را کنار گذاشت و فقط گیاه خورد؛ استاد بسیار ریاضت می کشید، شاگرد تصمیم گرفت ریاضت بکشد و روی بستری از کاه خوابید. مدتی گذشت. استاد متوجه تغییر رفتار شاگردش شد. علت را جویا شد. شاگرد گفت: "دارم مراحل تشرف را می گذرانم. سفیدی لباسم نشانه سادگی و جستجو است. گیاهخواری جسمم را پاک می‌کند. ریاضت موجب می‌شود که فقط به روحانیت فکر کنم. "

استاد خندند و او را به دشتی برد که اسبی از آن جا می گذشت. بعد گفت: " تمام این مدت فقط به بیرون نگاه کردی، در حالی که این امر کمترین اهمیت را دارد. آن حیوان را آنجا می‌بینی؟ او هم موی سفید دارد، فقط گیاه می خورد و در اسطبل روی کاه می خوابد. فکرمی‌کنی قدیس است یا روزی استادی واقعی خواهد شد. "

**نکته:** تقلید کورکورانه از ویژگی های انسان‌ها ی فاقد تفکر و ابتکار عمل است. البته در ادبیات موفقیت چیزی وجود دارد به نام الگوبرداری و مدل سازی از افراد موفق. اما کرکره تفکر را پائین کشیدن و به خود زحمت ندادن و ادای دیگران را در آوردن با این اصل متفاوت است. برای قرارگرفتن در زمره افراد موفق باید با اتکا به نیروی اعتمادبه نفس و سیستم خلاقه فردی با پشتکار و تلاش راه خود را در پیش گیریم و زندگی‌مان را به اثر انگشت بی همتا و یکتایی تبدیل کنیم.

# امانت کتاب

در یک روز زمستانی حوصلهٔ مالک یک باغ زیبا سر رفت. تصمیم گرفت از همسایهٔ خود که کتاب خوان بود و کتابخانهٔ بزرگی داشت، کتابی امانت بگیرد. همسایه گفت که کتاب مورد نظر را دارد، اما اصولاً کتا بهای خود را به کسی قرض نمی‌دهد. اما پیشنهاد کرد که کتاب را در کتابخانهٔ او مطالعه ّکند. بهار رسید و کارهای باغ آغاز شد. وقتی زمان کوتاه کردن چمن ها رسید، مرد همسایه از صاحب باغ خواست، ماشین چمن زنی خود را به او امانت دهد؛ ظاهراً دستگاه خودش

خراب شده بود. صاحب باغ به مرد همسایه گفت که نمی‌تواند ماشین چمن زنی خود را امانت بدهد، چون اصلاً دستگاه خود را به کسی قرض نمی‌دهد، اما پیشنهاد کرد اگر مایل باشد می‌تواند در باغ او از آن استفاده کند!

نکته: کائنات همان طور با ما برخورد می‌کند که ما با او رفتار می‌کنیم. وقتی به دیگران نیکی می‌کنیم، در واقع به خودمان نیکی کرده‌ایم و وقتی به دیگران بدی می‌کنیم، به کسی جز خودمان بدی نکرده‌ایم.

# از دیگران قدردانی کنیم

بتهوون یکی از بزرگ‌ترین و مشهورترین موسیقی دانان جهان است. او از یازده سالگی آهنگسازی را آغاز کرد و در دوران نوجوانی به شهرت رسید. روزی هنگام غروب بتهوون از کنار کلبه پینه دوزی می‌گذشت که متوجه شد کسی یکی از قطعات موسیقی او را تمرین می‌کند.  مکث کرد تا به نوای موسیقی گوش فرا دهد، شنید دختری با خود می‌گوید:"ای کاش می‌توانستم این قطعه را در حالی که یک نوازنده حرفه ای اجرایش می‌کند، بشنوم؛ آن گاه می‌توانستم آن را به شیوه ای مطلوب بنوازم!"

بتهوون وارد کلبه شد و دختری جوان را پشت پیانو دید.  دختر کور بود.  بتهوون به او پیشنهاد کرد تا برایش بنوازد؛ سپس پشت پیانو نشست و حدود یک ساعت نواخت.  دختر که ذوق زده شده بود با تشویق های خود شوق بتهوون را برای نواختن برانگیخت. شب فرا رسیده بود و به جز هاله ای از نور مهتاب چیزی به چشم نمی خورد. کلبه در تاریکی فرو رفته بود.  در پرتو الهام بخش نور ماه و تشویق های صمیمانه دختر، بتهوون قطعه مشهور خود **"سوناتای مهتاب"** را ساخت!

**نکته:** همه ما از نعمت بزرگ استعداد موسیقیائی یا آوازخواندن برخوردار نیستیم.  همه از آنچه "قابلیت‌های رهبری" یا "توانمندی‌های سازماندهی" خوانده می‌شود بهره‌مند نیستیم؛ اما می‌توانیم ویژگی پسندیده تحسین کردن را در خود بپرورانیم.  باید بیاموزیم که دیگران را تشویق و تحسین کنیم. کسب این ویژگی دستاورد کمی نیست، زیرا برجسته ترین مردم جهان نیز تا تشویق نشوند، نمی‌توانند بدرخشند ! در پاسخ به این سؤال که آیا یک خواننده مشهور یا نویسنده نامدار می‌تواند در بدون تماشاچی یا خواننده کنسرت اجرا کند یا بنویسد، حتماً به اهمیت تشویق

و قدردانی که شگفتی می آفرینند اشاره خواهد شد. گمان مبرید که تشویق و قدردانی صرفاً منحصر به امیال معنوی هستند، آن ها در همه عرصه ها و مراحل زندگی کارساز هستند.

فرزانه ژرف نگر، دیپک جین، می‌گوید: "یک راهنما فقط آن گاه موفق می‌شود که پیروانش باور داشته باشند که زیر چتر رهبری او می‌توانند رشد کنند." وقتی تشکر و قدردانی ابراز نشود، برای هیچ کس خاصیت ندارد، بنابراین باید یاد بگیریم که دیگران را تحسین کنیم زیرا کافی نیست که فقط آن ها را خوب و مهربان بدانیم. اگر واژه ها با مهر بر زبان جاری نشوند، هدر رفته اند. نزد دیگران بروید و برای ستایش از آنان پیش قدم شوید، از آن ها تشکر کنید و به دلیل کارهایی که کرده‌اند تحسینشان کنید. ستایش و قدردانی خاموش به درد هیچ کس نمی خورد، پس آن را نزد خود نگاه ندارید. آن گونه که دیل کارنگی می‌گوید: "سه چهارم مردمی که با آنان مواجه می‌شوید، گرسنه و تشنه تحسین و قدردانی‌اند. تشویق و قدردانی را از آنان دریغ نکنید، زیرا دوستدار شما خواهند شد."

بی تردید واژگان تحسین آمیز برای انجام کارهای پسندیده بزرگ ترین انگیزنده است. آن کس که از دیگران قدردانی می‌کند، خود بسیار بیش از آنانی که مورد تشویق قرار گرفتند از این کار بهره مند می‌شود. ستایش هزینه ای است که عایدی‌اش شادمانی خویش است و این چیزی است که فقیرترین افراد می‌توانند ببخشند و ثروتمندترین مردم نمی‌توانند خریداری‌اش کنند. تشکر و قدردانی همچون چراغی فروزان نویدبخش زندگی است و همچون داروی نیروبخش به انسان‌ها جانی تازه می‌دهد و همچون الماس، پرتو ئی درخشان به شمابازمی‌تاباند.

# به کجا می روم؟

می گویند استون لیزنر، قاضی دیوان عالی، فراموشکار و حواس پرت بود. روزی خارج از نیویورک داخل قطار، یک پرونده در حال رسیدگی را مطالعه می‌کرد که مأمور قطار از او بلیت خواست. قاضی بادستپاچگی جیب هایش را گشت، ولی بلیت را پیدا نکرد.

مأمور قطار گفت: "اشکالی ندارد جناب قاضی ما شما را می شناسیم موقعی که به نیویورک بارگشتید، می‌توانید سر فرصت آن را به ما بدهید"

استیون لحظه ای چشمانش را بست و اندوهناک سرش را تکان داد و گفت: "خیلی ممنونم آقا، اما انگار متوجه مشکلی که برای من پیش آمده نیستید. مشکل من پرداختن یا نپرداختن پول بلیت قطار نیست. مشکل من این است که نمی‌دانم به کجا می روم."

**نکته:** آیا تاکنون برایتان پیش آمده قدری با خود خلوت کنید و به این پرسش مهم بیندیشید که به راستی تلاش و کوششی که انسان‌ها درمسیر پرپیچ وخم زندگی انجام می‌دهند برای چیست؟ آیا این همه دردسر فقط برای یک لقمه نان بخورونمیر است؟ یا برای کسب ثروت،مقام و شهرت؟ یا برای رفتن به ناکجاآباد؟ آیا من به راستی هدفی معین پیش رو دارم؟ این گفتگو و نجوای درونی به پرسش‌های اساسی و بااهمیتی اشاره می‌کند و این نکته ظریف را روشن می‌کند که بیشتر مردم با وجود تلاش و فعالیت های فراوان در زندگی، هدفی روشن و از پیش تعیین شده را دنبال نمی‌کنند و بی آن که خود بدانند، سرگردانند! یکی از علل مهم آن که بسیاری از افراد در کار و زندگی موفق نمی‌شوند، این است که هدف های واضح و روشن ندارند و **به این دلیل به هدف های خود نمی‌رسند زیرا هدفی ندارند! خیلی ها افکار و رؤیاهای پراکنده در سر دارند، ولی هدفمند نیستند.** هدف،آرمان و مقصود مهم‌ترین عواملی هستند که به انسان جهت، معنی و مفهوم می بخشند و بسیاری از این نعمت محروم هستند! در نتیجه هر چه که جاذبه داشته باشد آن ها را به سوی خود می‌کشاند، حتی اگر در مسیر تباهی و فساد یا نیستی و نابودی یا باتلاق و گرداب و منجلاب باشد.

نگارنده از زبان فرزانه ای فهیم می‌گوید:

"زندگی بدون هدف مانند بازی کردن در زمین فوتبالی است که دروازه ای در آن وجود ندارد"

برایان تریسی هم می‌گوید:

"هر چقدر روشن تر بدانید که چه می خواهید و حاضرید چه اقداماتی برای دستیابی به آن انجام دهید، احتمال موفق شدن و رسیدن به آن بیشتر می‌شود"

آنتونی رابینز در خصوص اهداف می‌گوید:

"مهم‌ترین عامل و انگیزه برای تعیین هدف های معنوی و مادی باید این باشد که از شرایط فعلی خود دچار درد و رنج شده و احساس رضایت نداریم، می‌خواهیم در هر زمینه ای که هستیم وضع بهتر و شایسته تر ایجاد کنیم. با توجه به این که ذهن ما همواره در تلاش است که ما را از درد، رنج و عذاب دور کند و در مسیر شادابی و لذت و آرامش قرار دهد، پس احساس درد و رنج و عذاب ناشی از فشارهای نارضایتی از وضع کنونی به ما انگیزه می‌دهد که باهمت و قدرت بیشتر اهداف خود را دنبال و پیگیری کنیم. در واقع احساس فشار، درد و عذاب مؤثرترین و قوی ترین

عامل و اهرم برای دستیابی به اهداف است. از سوی دیگر، اگر موقعیت خود نسبت به هدف هایمان را بادورنمای زیبا، شیرین و عالی تجسم کنیم و آن را با وضع فعلی مقایسه نماییم، به ما کمک می‌کند که با انگیزه و تحرک و قدرت زیادهدف های خود را با تلاش و کوشش فراوان پیگیری کنیم؛ احساس و عواطف بهتری داشته باشیم و کیفیت احساس خود را بهتر سازیم."

# امیدوار باش!

طی یک آزمایش روی موش‌های آزمایشگاهی انگیزه آن ها جهت زندگی در شرایط مختلف اندازه گیری شد. دانشمندان به منظور کشف میزان استقامت و تلاش برای زنده ماندن، موشی را در تاریکی مطلق داخل ظرفی پر از آب انداختند. آنها دریافتند موش کمی بیش از سه دقیقه شنا کرده و دوام آورده است. آن گاه شرایط آزمایش را کمی تغییر داده و موش دیگری را در همان ظرف انداختند و به جای تاریکی مطلق، شعاعی از نور به محیط تاباندند. موش تحت آن شرایط مدت سی و شش ساعت تلاش و شنا کرد. این میزان چیزی بیش از هفتصد برابر میزان مقاومت موش دیگر در تاریکی مطلق بود! موش می‌توانست ببیند، پس امید بیشتری هم پیدا کرده بود.

**نکته:** یک انسان می‌تواند چهل روز بدون غذا، چهار روز بدون آب و چهار دقیقه بدون هوا زنده بماند، اما بدون امید فقط چهار ثانیه زنده می ماند.

# شهر چاه ها

در روزگاران قدیم شهری بود به نام شهر چاه ها. شهری که ساکنانش برخلاف تمامی شهرهای دیگر، انسان نبودند. ساکنان این شهرچاه ها بودند؛ چاه هایی زنده؛ اما در نهایت چاه. این چاه ها از هم متمایز بودند، نه به سبب مکانی که در آن حفر شده بودند بلکه به سبب دهانه‌های سنگ چین شده شان که آن ها را بادنیای خارج مرتبط می‌گرد. برخی از آن ها چاه‌هایی بودند بسیار ثروتمند و همین طور مغرور با دهانه هایی از جنس مرمر و فلزات زیبا و برخی دیگر چاه هایی فقیر از جنس آجر و چوب. بعضی هم خیلی ضعیف تر از چاه های فقیر بی هیچ دهانه ای تنها حفره ای در دل زمین بودند.

ساکنان این شهر از طریق دهانه به دهانه با هم ارتباط برقرار می‌کردند و به این ترتیب خبرها خیلی سریع از نقطه ای به نقطه دیگر پخش می‌شد.

یک روز رسمی که در یکی از شهرهای کوچک انسان‌ها باب شده بود، به این شهر هم راه یافت. طبق رسم جدید تمام کسانی که بیشتر مراقب درونشان بودند تا بیرونشان، بیشتر از همه به خود می بالیدند؛ چون براساس این رسم آنچه در درون قرار داشت مهم‌ترین چیز بود، نه چیزهای سطحی و بیرونی.

به این ترتیب چاه ها شروع کردند به پرکردن خودشان از چیزهای مختلف. برخی خودشان را از چیزهایی مثل طلا و سنگهای قیمتی و زیبا پر کردند و بعضی دیگر از وسایل خانگی و دستگاه‌های مکانیکی و عده ای هم به هنر پرداختند و درونشان را با تابلوها، پیانوها و مجسمه های تقلبی آراستند و در نهایت روشنفکران، خود را از کتاب‌ها، بیانیه‌های مختلف مکتب ها، مسلک‌ها، ایدئولوژی ها و همچنین مجلات تخصصی پر کردند.

مدتی گذشت؛ بیشتر چاه ها چنان پر شده بودند که دیگر نمی‌توانستند بیش از آن چیزی در خود جای دهند. چاه ها همگی مثل هم نبودند؛ بعضی ها با شرایط موجود کنار آمدند و بعضی هم فکر می‌کردند مجبورند برای تداوم این وضع، چیزهای بیشتری در درون خود بریزند.

تا این که برخی از پیشتازان این تفکر به فکرشان رسید بهتر است به جای فشرده کردن محتوا، گنجایش خود را زیاد کنند و عریض شوند. هنوز زمان زیادی از این فکر نگذشته بود که تمام چاه ها بیشترین انرژی خود را صرف عریض ترشدن خود کردند تا بتوانند فضای بیشتری در درون خود ایجاد کنند.

در این بین چاه کوچک و دورافتاده ای وقتی دید رفقایش بی اندازه عریض شدند با خود اندیشید اگر آن ها همین طور به تفاخر و تورم خود ادامه بدهند به زودی اطرافشان فروخواهد ریخت و همگی هویت خود را از دست خواهند داد.

چاه کوچک همان لحظه پی برد که برای افزایش ظرفیت راه دیگر هم وجود دارد، توسعه پیدا کردن از عمق نه از عرض، پس باید به جای عریض ترشدن، عمیق تر شد. اما خیلی زود متوجه این امر هم شد که چیزهای داخل درونش مانع عمیق شدن او هستند؛ بنابراین برای عمیق تر شدن باید درونش را هم از چیزهایی که قبلاً داخل آن ریخته خالی کند.

او ابتدا از تهی شدن می‌ترسید ولی بعد وقتی دید راه دیگری وجود ندارد، برای عمیق تر شدن شروع به تخلیه خود کرد اما دیگران با جمع آوری چیزهایی که او از خود بیرون می‌ریخت،

قدرتمندتر می‌شدند.  ناگهان یک روز بسیار شگفت زده شد زیرا در درون خود، یعنی اعماق وجودش آن هم عمیق ترین نقطه، تراوش آب را احساس کرد!

تا آن لحظه هیچ چاهی آب پیدا نکرده بود.  وقتی از حیرتش کاسته شد، شروع کرد به آببازی و خیس کردن دیواره های خود تا این که آب به دهانه اش رسید و سرانجام به بیرون فوران کرد و جاری شد.

شهر به جز مواقعی که باران می بارید هیچ وقت آبیاری نشده بود و به همین علت بسیار خشک بود.

با این وضع زمین های اطراف چاه جان گرفتند و بیدار شدند.  از دل بذرها مراتع شکل گرفتند و شبدرها و گل ها جوانه زدند و نهال های ضعیف و کوچک کم کم به درخت تبدیل شدند. خلاصه، زندگی رنگارنگی در اطراف چاه جریان پیدا کر د، جایی که آن را باغستان نام نهادند.

همه از او سؤال می‌کردند: " این زیبایی اعجازگونه را چطور به دست آوردی؟" و او در جواب می گفت: "هیچ معجزه ای در کار نیست، فقط باید درون را جستجو کرد تا اعماق خیلی ها تمایل داشتند همانند آن چاه ادامه دهند ولی خیلی زود منصرف شدند چون برای رفتن به عمق ابتدا باید خودشان را خالی می‌کردند، پس به عریض ترشدن ادامه دادند و هر بار بیشتر از قبل برای پرکردن خود از چیزهای مختلف بهره می گرفتند.

در آن سوی شهر یک چاه دیگر نیز تصمیم گرفت چنین ریسکی کند - خالی شدن - او هم سرانجام به آب رسید.  آب این چاه هم به بیرون جاری شد و دومین واهه سرسبز را در آن سوی شهر به وجود آورد.

از او سؤال کردند: "وقتی آب درونت تمام شود چه خواهی کرد؟"

جواب می داد: "درست نمی‌دانم چه اتفاقی خواهد افتاد، ولی در حال حاضر هر چه بیشتر آب بالا می‌کشم، آب بیشتری تراوش می‌شود." چند ماه از این رویداد بزرگ گذشت تا این که یک روز برحسب اتفاق آن دو چاه متوجه شدند آب عمق وجود آن ها یکی است؛ یعنی آب هر دوی آن ها از یک دریا یا سفره زیرزمینی سرچشمه می‌گیرد.

آن ها دریافتند زندگی جدیدی را آغاز کرده‌اند، زیرا نه تنها همانند بقیه از بیرون می‌توانستند با هم ارتباط داشته باشند بلکه این کاوش درونی، امکان یک رابطه درونی را هم برایشان فراهم کرده بود؛ ارتباطی عمیق در نقطه ای جدید که فقط بین خودشان برقرار بود.

**نکته:** آن هایی که شجاعت خالی کردن درون خود را دارند و در اعماق وجودشان جستجو می‌کنند، همان هایی هستند که می‌توانند ببخشند.

# کلمه‌ای که اشتباه تلفظ شد

خانم دبی فیلد با همسرش به یک میهمانی دعوت شده بودند. همسر او رندی یک اقتصاددان و آینده نگر معروف بود. دبی نوزده سال پس از ازدواج کارش را ترک کرده بود تا بتواند نقش یک همسر خوب و سنتی را برای شوهرش بازی کند. عزت نفس دبی بسیار ضعیف بود زیرا در مهمانی‌ها بسیاری اطراف رندی جمع می‌شدند و با او راجع به مسائل مهم روز بحث و گفتگو می‌کردند و نظرش را در مورد آینده اقتصاد جویا می‌شدند، اما همان افراد زیاد با دبی دم خور نمی‌شدند و با او همانند فردی بسیار معمولی برخورد می‌کردند. او در یکی از مهمانی ها به سبب ناراحتی شدید لغتی را اشتباه تلفظ کرد و یکی از مهمانان لغتش را تصحیح کرد و گفت: "ما اصلاً چنین کلمه ای نداریم، سعی کن زبان انگلیسی را درست یاد بگیری."

خانم دبی در یک لحظه حس کرد خرد شده و جمع را ترک کرد. او در تمام راه برگشت به خانه گریه می‌کرد و فکرش شدیداً درگیر بود. اما از بطن آن زخم زبان وحشتناک کم کم راه حلی شکل گرفت. او با خود تصمیم گرفت که هرگز نگذارد چنین اتفاقی تکرار شود؛ دیگر هرگز سعی نخواهد کرد در سایه دیگری زندگی کند و راه و روش درستی را برای خود انتخاب خواهد کرد. اما چه راهی؟

چیزی که همیشه دبی آرزوی انجامش را داشت، درست کردن شیرینی های شکلاتی بود. او با دستورالعمل هایی که از سیزده سالگی برای درست کردن این شیرینی ها به کار می برد، با کم و زیادکردن مواد می‌توانست ایده‌آل ترین شیرینی را بسازد. حال که دبی یاد گرفته بود با استفاده مطلوب از مواد شیرینی های بسیار عالی درست کند، به این فکر افتاد که مغازه ای باز کند و شیرینی هایش را در آنجا بفروشد.

همکار رندی با شنیدن این ایده دبی در حالی که دهانش پر از شیرینی های او بود، گفت: "به نظر من این کار خوبی نیست و فکر نمی‌کنم استفاده ای داشته باشد."

مالک مغازه ای که دبی قصد اجاره آن را داشت نیز همین عقیده را داشت. خیلی های دیگر هم این عقیده را داشتند؛ ولی بالاخره در ساعت نُه صبح روز هجدهم آگوست ۱۹۷۷ هنگامی که دبی شصت ساله بود، مغازه اش را به نام "شیرینی شکلاتی خانم فیلد" در کالیفرنیا افتتاح کرد.

تا نزدیکی های ظهر هیچ کس برای خرید شیرینی های او وارد فروشگاه نشد. او بسیار ناامید با خود گفت: "اگر همین طور ادامه پیدا کند باید از این کار صرف نظر کنم."

بنابراین، برای آنکه شیرینی هایش روی دستش نماند، سینی بزرگی را پر از شیرینی کرد و به مغازه های اطراف رفت و آنها را به همه تعارف کرد. ولی هیچ کس حتی یک دانه هم بر نداشت. با دیدن این وضعیت او بدون واهمه وارد خیابان شد و از مردم تقاضا کرد که شیرینی بردارند. مردم شیرینی‌ها را برداشتند و امتحان کردند و بدین طریق مشکل برطرف شد. چون وقتی مردم شیرینی ها را خوردند و متوجه مزه شان شدند، عاشق آنها شدند و برای خرید شیرینی به مغازه و آمدند. در پایان آن روز او پنجاه دلار شیرینی فروخته بود. روز دوم ۷۵ دلار فروخت و . . .

این تمام داستان شیرینی پزی خانم دبی بود. او می‌گوید: "من این زندگی و همه موفقیتم را به همان کلمه ای که اشتباه تلفظ کردم مدیونم."

امروز دبی، رئیس کارخانجات شیرینی پزی فیلد است. او ریاست بازار فروش شیرینی های تازه با ششصد مغازه بزرگ و هزاران کارمند را به عهده دارد. شیرینی های او و در مقیاس مولتی میلیونی فروخته می‌شوند. او توانست یک شرکت تجارتی در سراسر دنیا به راه بیندازد، آن هم با داشتن مسئولیت پنج فرزند.

والتر باگمات بعد از شنیدن سرگذشت خانم دبی فیلد می‌گوید:

"بزرگ ترین لذت زندگی انجام دادن کارهایی است که دیگران معتقد هستند از عهده شان بر نمی‌آیند."

آنتونی رابینز هم در ادامه می‌گوید:

"من معتقدم زندگی دائماً استقامت و پایمردی ما را مورد آزمایش قرار می‌دهد و بزرگ ترین پاداش های زندگی متعلق به کسانی است که برای رسیدن به خواسته هایشان هرگز از تلاش باز نمی ایستند و از هیچ کوششی فروگذار نیستند. این افراد می‌توانند کوه ها را جابه جا کنند. ممکن است ساده به نظر برسد، ولی این همان تفاوتی است که میان دو گروه از انسان‌ها وجود دارد، کسانی که زندگی ایده آل دارند و کسانی که زندگی شان در حسرت سپری می‌شود."


# غاز و اسب

غازی در چمنزاری در حال چریدن بود و در همین، حال هم با خود فکر می‌کرد از اسبی که در همان حوالی است محترم تر است. پس به سراغ او رفت و گفت: "یقین دارم در قلمرو حیوانات

نسبت به تو بلند مرتبه تر و کامل تر هستم، زیرا تمام قابلیت تو در یک زمینه محدود می‌شود. در حالی که من نه تنها می‌توانم روی زمین راه بروم، بلکه می‌توانم با بال‌هایم در آسمان پرواز کنم و با حضور در آبگیرها، دریاچه ها و شناکردن شاداب و با نشاط شوم. در واقع من از قابلیت های متفاوت پرندگان، ماهی ها و چارپایان به طور کامل بهره مندم. "

اسب خرناس کنان گفت: "درست است که این سه قابلیت در تو است اما هیچ کدامشان در حد کمال نیست و ویژگی بارزی برایت محسوب نمی‌شود.  آری، تو پرواز می کنی اما پروازت آنقدر ناشیانه است که حتی با چکاوک و پرستو هم قابل قیاس نیست و در ضمن فقط می‌توانی در سطح آب شنا کنی، نمی‌توانی چون ماهی به عمق آب فرو روی و از این طریق غذایت را تأمین کنی. شنا در زیر امواج نیز برایت میسر نیست.  به علاوه وقتی با پاهای پهن و ساق های نازک و کشیده ات راه می روی اسباب خنده رهگذران می شوی. اما درست است که من فقط روی زمین راه می روم ولی اندامی دلپذیر و عضلاتی نیرومند دارم. بسیار تیز و فرز و چابکم، سرعتم شگفتی آفرین است. من ترجیح می‌دهم از یک قابلیت بهره مند باشم و به آن ببالم، تا یک غاز باشم با سه ویژگی ضعیف و نصفه نیمه!"

**نکته:** برای جلوگیری از اتلاف نیرویتان آن را در یک نقطه متمرکز کنید.  با حفاری عمیق یک معدن دستاوردهای بیشتری حاصل می‌شود تا حفر چند معدن کم عمق. شدت همواره بر وسعت می چربد.  نیرومندبودن همیشه بهترین راهکار است؛ اما نیرومند ی در نقطه ای معین و موضوعی خاص. راهکاری کامل تر و ساده تر از تمرکز نیروها وجود ندارد.  این اصل به اختصار می‌گوید که با بیشترین میزان تمرکز دست به عمل بزنید. هنگامی که برای ارتقای اوضاع و شرایط زندگی تان در جستجوی منابع اقتدار هستید، یک حامی قابل اتکا پیدا کنید. آرتور شوپنهاور، فیلسوف مشهور، در این باره می‌گوید: "هوش پارامتر شدت است، نه پارامتر وسعت!" رمز موفقیت فرماندهان بزرگی چون ناپلئون در خلال جنگ ها این بود که نیرویشان را در ضعیف ترین موضع دشمن متمرکز می‌کردند؛ همواره بر هدف خود متمرکز بودند و با پیروی از این راهکار توانستند دشمنانی را که به پراکندگی فکر دچار بودند و نیروهایشان را در جبهه های جنگ متمرکز نمی‌کردند، به آسانی مغلوب کرده و از سر راه بردارند.  چنین پیکانی در هر زمان، هدف مورد نظر را یافته و دشمن را به آسانی تار و مار می‌کند.  پس فقط روی یک هدف و یک کار متمرکز شوید و تا زمانی که آن را به سر منزل مقصود نرسانده اید به کاری دیگر نپردازید.  اگر برای غلبه بر موانع از فردی به فردی دیگر متوسل شوید و از منزلی به منزل ی دیگر رهسپار گردید، جز اتلاف وقت و ازدست دادن نیروی خود، چیزی عایدتان نخواهد شد.  شما در قلمرو اقتدار به

۵۲

حمایت افرادی نیاز دارید که از شما قدرتمندترند. در عین حال، اتصال به یک منبع اقتدار همواره نیروی افزون تری پدید می‌آورد. به خاطر بسپارید، اقتدار به خودی خود پدیده ای متمرکز است. در هر مجموعه سررشته کارها به دست افرادی است که اغلب عناوین پر زرق و برق ندارند. فقط باید بدانید فرمان هدایت کارها در دست کیست و مدیر واقعی در پشت صحنه چه کسی است. در این راستا کسی پیروزی است که از اهدافی روشن و دقیق پیروی کرده و میزان پیشروی و امتیازاتش را در نظر دارد. اغلب نمی‌توان با یک تیر دو نشان زد! اگر ذهنتان منحرف شود، نمی توانید هدف را نشانه روید. ذهن و تیر باید یکپارچه شوند. فقط با توسل به تمرکز ذهنی و فیزیکی، تیرتان به هدف اصابت می‌کند.

## حکایت دو بذر

فصل بهار بود. دو بذر در خاک حاصل خیز کنار هم نشسته بودند. بذر اول گفت: "می‌خواهم رشد کنم. می‌خواهم ریشه هایم را در خاک زیر پایم بدوانم و ساقه ها یم را از پوسته خاک بیرون بکشم. می‌خواهم غنچه های لطیفم را باز کنم و نوید فرارسیدن بهار را بدهم. می‌خواهم گرمای آفتاب را روی صورتم و لطافت شبنم صبح‌گاهی را روی گلبرگ هایم احساس کنم." بذر رشد کرد و قد برافراشت.

بذر دوم گفت: "می ترسم ریشه هایم را در خاک زیر پایم بدوانم. از کجا معلوم که در تاریکی به چیزی بر نخورم؟ اگر راهم را از میان پوسته سخت بالای سرم بیابم از کجا معلوم که جوانه های لطیفم از بین نروند. اگر بگذارم که جوانه هایم باز شوند از کجا معلوم که یک مار نیاید و آنها را نخورد و اگر بگذارم غنچه هایم باز شوند از کجا معلوم که طفلی مرا از زمین بیرون نکشد؟ نه! بهتر است منتظر بمانم تا همه جا امن و امان شود."

و این طور بود که او منتظر ماند. مرغ خانگی که در خاک دنبال دانه می گشت بذر منتظر را دید و او را خورد.

# معجزه باور

مرد جوانی دبیرستان را با نمرات عالی به پایان رسانده بود. بعد برای این که به دانشگاهی معتبر برود، فرم درخواست پر کرده بود. برای ورود به دانشگاه باید امتحان ورودی دانشگاه را می داد. چند هفته بعد نامه ای از دانشگاه به دستش رسید که به نود و نهمین صدک رسیده و می‌تواند برای ترم پاییز ثبت نام کند. او از قبول شدنش خوشحال بود، اما اشکالی در این میان وجود داشت. او که اطلاعاتی از چگونگی این آزمون نداشت، به اشتباه گمان کرد که نود و نهمین صدک بهره هوشی اوست. او می‌دانست که نمره متوسط بهره هوشی صد است و با این حساب به این نتیجه رسید که نمی‌تواند دانشگاه را باموفقیت پشت سر بگذارد.

او در ترم بعد در همه دروس مردود شد.

سرانجام مشاور درسی دانشگاه او را صدا زد و پرسید چرا وضعیت درسی اش اینقدر بد است. او پاسخ داد: "نمی‌دانم؛ اما باور کنید که نمره بهره هوشی من نودونه شده است."

مشاور پرونده دانشجو را خواست و نگاهی به آن انداخت و از دانشجو پرسید: "چطور این حرف را می زنی؟"

مرد جوان گفت: "در نامه ای که از طرف دانشگاه برایم فرستادند، این گونه نوشته شده بود. "

مشاور متوجه شد که دانشجو تفاوت بین بهره هوشی و صدک را نمی‌داند.

مشاور در ادامه به مرد جوان گفت: "نودونهمین صدک به این معنی است که تو نسبت به ۹۹ درصد کسانی که در این امتحان شرکت کرده اند، نمره بالاتری را گرفته ای. تو یکی از باهو شترین دانشجویان دانشگاه هستی وقتی دانشجوی جوان به اشتباه خود پی برد، باورش دربارهٔ بهره هوشی عوض شد و تغییر کرد. با اعتمادبه نفسی تازه سر کلاس نشست."

و در پایان ترم دانشجوی برجسته دانشگاه شد و سرانجام جزو ده درصد اول دانشکده فارغ التحصیل گردید.

**نکته:** آنچه را که باور دارید، به واقعیت تبدیل می‌شود. هر چه عمیق تر چیزی را باور داشته باشید، امکان آنکه برایتان صورت خارجی پیدا کند بیشتر می‌شود. اگر به راستی چیزی را باور داشته باشید، نمی‌توانید گونه متفاوتی از آن را تصور کنید. باورهای شما به نوعی گسسته بینی هستند و سبب می‌شوند اطلاعات ناسازگار با باورهای خود را ویرایش و حذف کنید. ویلیام جیمز، استاد دانشگاه هاروارد، می‌گفت

*"واقعیت باور را ایجاد می‌کند."*

**برای مثال،** اگر قطعاً بر این باور باشید که قرار است در زندگی موفق باشید، بدون توجه به این که چه حادثه ای برایتان اتفاق می افتد، به سمت هدف هایتان به حرکت در می آیید و چیزی شما را متوقف نخواهد کرد. از سوی دیگر، اگر معتقد باشید که موفقیت با بخت و شانس در رابطه است، اگر فکر کنید که موفقیت تصادفی است، اگر به نتیجه مطلوب نرسید، مأیوس و نومید می‌شوید. **باورهایتان شما را برای موفقیت یا شکست برنامه ریزی می‌کنند.**

# سبد دروغی

روزگاری شاهی تن‌پرور و مردم آزار حکمرانی می‌کرد. یک روز برای تفریح و خوشگذرانی اعلام کرد: "هرکس بتواند دروغی بگوید که من باور نکنم دخترم را به عقد او درمی‌آورم."

خبر دهان به دهان در سرزمین پادشاه گشت و همه دروغ سازان، از پیر و جوان، به سوی قصر سرازیر شدند. آن ها به حضور شاه می‌رسیدند و با آب وتاب دروغ خود را تعریف می‌کردند. ولی شاه آن را باور می‌کرد و می گفت: "چیزی نیست. من این دروغ را باور می‌کنم، خب ممکن است چنین چیزی اتفاق بیفتد."

مردی زیرک برای آن که شاه دروغ-دوست را سر جایش بنشاند، گفت برایش سبدی بسیار بزرگ بسازند که نتوان آن را از دروازه ی بزرگ وارد پایتخت کرد. پس از هفته ها که سبد بافته و ساخته شد مرد زیرک به قصر و حضور شاه می‌رسد. شاه پرسید: "تو چه دروغی با خودت آوردی؟"

جواب داد: "دروغ بزرگی که از دروازه پایتخت هم تو نمی‌آید و آن را باور نمی کنی!"

شاه بلند خندید و گفت: "خیال کرده ای! هیچ کس نمی‌تواند سر من کلاه بگذارد."

مرد زیرک گفت: "دروغ من هم شنیدنی است و هم دیدنی، باید کنار دروازه شهر بیایید."

شاه گفت: "فردا که خواستم برای شکار از شهر بیرون بروم می آیم و دروغ تو را می‌بینم و می شنوم!"

صبح فردا شاه و گروهی از سوارانش از شهر بیرون رفتند و پشت دروازه سبد بزرگی را دیدند. شاه پرسید: "این همان دروغ بزرگ است؟"

مرد زیرک جلو آمد و گفت: "بله قربان ولی ماجرای این سبد درباره پدر شماست که پیش از این شاه این سرزمین بود."

شاه پرسید: "چطور مگر؟ چرا پای پدر مرده مرا به میان کشیدی؟"

مرد پاسخ داد: "برای آن که پدر شما به پدر من بدهکار بود."

شاه گفت: "مگر می‌شود؟ پدر تو چه کسی بوده که از پدر من طلب داشته؟"

مرد زیرک نگاهی به زمین و آسمان انداخت و آهی کشید و گفت: "قربان پدر من مردی بسیار پولدار بود، آنقدر که نمی‌توانست پول هایش را بشمارد. پدر شما که شاه بود در یکی از سال های سلطنتش برای اداره کشور بی پول می‌شود و از پدر من قرض می خواهد.

پدر من این سبد را نشان می‌دهد و می‌پرسد که اگر من هفت پیمانه سکه طلا به اندازه این سبد به شاه قرض بدهم، گرفتاری او برطرف می‌شود؟ پدر شما هم می‌گوید بله.  برای همین پدر شما به پدر من بدهکار است. حالا هم من آمده ام هفت سبد سکه طلا به اندازه این سبد از شاه بگیرم"

شاه تا این حرف را می شنود، فریاد می کشد: "این دروغ است پدر من هیچوقت پولی از کسی قرض نگرفته بود."

بعد رو به همراهانش می‌کند و می‌گوید: "چه حرف ها، این آدم دیگر از کجا آمده است!" دروغش از دروازه تو نمی‌آید. در همه این سرزمین یک نفر هم حرف او را باور نمی‌کند.

مرد زیرک با آرامش لبخندی می زند و می‌گوید: "پس باور نمی‌کنید؟ حالا به پیمان خود وفا کنی دو دختر خود را به همسری من درآورید."


**نکته:** انسان به منزله یک کل شامل اعتقادات، افکار، احساسات و رفتار است.

اعتقادات کیفیت افکار ما را تعیین می‌کنند؛ افکار، احساساتمان را به وجود می‌آورند و مجموعه این ها نوع عملکردمان را مشخص می‌کنند.

در مورد احساسات و عواطف انسانی باید گفت « ترس » مادر تمام هیجانات منفی و « عشق » سرچشمه کلیه عواطف مثبت است. رفتار تجسم عینی و مادی باورها، اندیشه ها و احساسات ماست. بر این اساس دروغگویی به عنوان یک رفتار، ترسی است که عینیت پیدا کرده است.  در واقع میان صداقت و شجاعت و نیز دروغ پردازی و ترس رابطه نزدیکی وجود دارد. انسان هرچه بیشتر بترسد، بیشتر متوسل به فریب و نیرنگ می‌شود. شما نمی‌توانید در عین حال که می‌ترسید، دروغ هم نگویید.  ما به اندازه ترس ها و اضطراب هایمان دروغ می‌گوییم و به اندازه شجاعت، دلیری و اقتدارمان در مسیر پر خطر صداقت گام بر می‌داریم.

ساز وکار دروغ؛ به اندازه ضعف هایمان دلهره و وحشت در ما شکل می‌گیرد و به اندازه دلهره هایمان متوسل به نیرنگ و دروغ می‌شویم.

# زندگی

زندگی شما مثل یک کتاب است. صفحه عنوان، نام شما؛ مقدمه، معرفی شما به دنیا و صفحات، گزارش روزانه تلاش ها، کوشش ها، لذت ها و یأس های شما هستند. هر روز افکار و اعمال شما در کتاب زندگی تان ثبت می‌شود. هر ساعت تاریخچه ای به وجود می‌آید که باید برای همیشه باقی بماند و روزی فرار می‌رسد که کلمه پایان روی کتاب شما نوشته می‌شود.

پس کاری کنید که دربارهٔ کتابتان بگویند:

**تاریخچه ای است از هدفی عالی،**

**خدمت بی دریغ و کارکرد عالی.**

گرزویل کیزر

**ارزش انسان به تعداد خدمتکاران او نیست،**

**بلکه به تعداد کسانی است که او به آنها خدمت می‌کند.**

ویجی اسواران

# در جستجوی خوشبختی

محمدالمغرب میلیونری اهل قاهره بود. وی فردی جوانمرد و بخشنده بود؛ تمام اموال خود، به جز یک خانه مسکونی، را به مردم بخشید و برای امرار معاش مجبور شد به کارهای سخت و پر مشقت بپردازد. شبی، به علت خستگی در زیر یک درخت انجیر به خواب رفت. در خواب دید که فردی به او نزدیک شد. آن فرد به وی گفت: "خوشبختی تو در اصفهان است و باید در آنجا در جستجوی سعادت باشی."

بامداد روز بعد از خواب بیدار شد و سفر طولانی خود را آغاز کرد. وی از بیابان ها، دریا و رودخانه ها عبور کرد و با راهزن ها و خطرهای ناشی از حیوانات وحشی مواجه شد اما سرانجام وارد اصفهان گشت. محمدالمغرب در یک مسجد اقامت گزید که کنارش یک ساختمان مسکونی قرار

داشت. از قضا نیمه شب از راه مسجد داخل ساختمان مسکونی شدند. با صدای آنان صاحب خانه از خواب بیدار شد و کمک طلبید. همسایگانش نیز از موضوع آگاه شدند. نگهبانان به سرعت به محل آمدند، اما راهزنان از طریق بام خانه فرار کرده بودند. رئیس نگهبانان گمان کرد که شاید راهزن ها در مسجد پنهان شده باشند از این رو به سربازان دستور داد مسجد را محاصره و جستجو کنند و در نهایت مسافر قاهره را دستگیر کردند. مرد بدبخت بسیار شلاق خورد و به سبب ضربات شدید شلاق بیهوش شد و دو روز بعد به هوش آمد. رئیس نگهبانان در بازجوئی از او پرسید: "تو که هستی؟ و از کجا آمده ای؟"

مغرب پاسخ داد: "محمد مغرب هستم و از شهر معروف قاهره آمده ام."

بازپرس پرسید: "برای چه به اینجا آمده ای؟"

مغرب گفت: "کسی در خواب به من گفت به اصفهان برو که خوشبختی تو در آنجاست. پس از ورود به این شهر متوجه شدم سعادت من فقط بازداشت و ضرب و جرح از سوی تو بوده است."

بازپرس خندید و گفت: "چه آدم زودباور و نادانی هستی! من سه بار در خواب دیدم که در قاهره خانه‌ای دارم و پشت خانه یک درخت انجیر است و بعد از درخت چشمه ای وجود دارد و در زیر چشمه، گنجی مدفون است. اما خواب را باور نکردم. تو چقدر ساده لوح هستی که برای یافتن سعادت به اینجا آمده ای و بازحمت زیاد وارد شهر ما شدی! اما دیگر نمی‌توانی در اصفهان بمانی. چند سکه بردار و به خانه ات برگرد."

مغرب پول را برداشت و به قاهره برگشت. او از زیر چشمهٔ باغ خود، همان مکانی که بازپرس در خواب دیده بود، گنجی یافت و پاداش خوبی‌ها و نیکی های خود را به این شکل از خداوند دریافت کرد.

شاعر فرزانه، صائب تبریزی، بعد از شنیدن این حکایت می سراید:

اگر صد سال سالک چون فلک گرد جهان گردد

نگردد تا به گرد خود، نمی گردد جهاندیده


# تغییر از من شروع می شود

مدیر فروش در جلسه بابت میزان فروش بسیار کم کارمندان به آنان پرخاش کرد و گفت: "تا دلتان بخواهد بازده کم است و عذر و بهانه فراوان؛ اگر نمی‌توانید از پس کار خود بر بیایید، فکر

می‌کنم کسان هستند که منتظر فرصتند تا محصولات ارزشمندی را که شما افتخار عرضه شان را داشتید، بفروشند."

سپس رو به بازیکن حرفه ای فوتبال بازنشسته ای که به تازگی استخدام شده بود گفت: "اگر یک تیم فوتبال ببازد چه می‌شود؟ بازیکن ها را عوض می‌کنند، نه؟"

سنگینی سؤال باعث چند ثانیه سکوت شد. سپس بازیکن سابق فوتبال پاسخ داد: "راستش جناب، اگر کل تگیم مشکل داشته باشد، معمولاً مربی جدید می‌گیریم."

**نکته:** اثربخشی کار ما هرگز فراتر از میزان توانایی مان در تحت تاثیر قراردادن دیگران نیست. نمی‌توانیم همواره بیشتر از تواناییمان بازدهی داشته باشیم. به بیان دیگر، مهارت‌های واقعی شما میزان موفقیت شما و هم کارانتان را تعیین می‌کنند. در مجله ای عبارتی از مدیر هتل های زنجیره ای آمده است: "اگر در طول بیست وهفت سال خدمتم در بخش خدمات چیزی یاد گرفته باشم، آن این است : ۹۹ درصد کارکنان می خواهند خوب کار کنند. اما نحوه کارکردن آنان بازتاب عملکرد کسی است که برایش کار می‌کنند."

# تلاش معجزه می کند

سال ۱۹۵۴ در شهر آکسفورد انگلستان نام یک دانشجوی بیست وپنج ساله رشته پزشکی در صفحه اول روزنامه ها چاپ شد. خبرگزاری ها گزارش موفقیت او را به همه نقاط جهان مخابره کردند و نام او به زودی بر صفحات تاریخ نقش بست. هفته ها و ماه ها بعد از آن تاریخ خبر موفقیت برجسته این دانشجو در نشریات مختلف ذکر می‌شد.

این دانشجو توانسته بود مسافت یک مایل ( ۱۶۰۰ متر) را در کمتر از چهار دقیقه بدود و به این جهت او را تندپاترین انسان لقب داده بودند. سال های متمادی عده زیادی تلاش کرده بودند مسافت یک مایل را در کمتر از چهار دقیقه بدوند، ولی فقط این دانشجو به نام **راجر باینیستر** موفق با این کار شده بود.

درست است که موفقیت راجر بسیار پر هیجان بود، ولی چه عاملی باعث شده بود او یک قهرمان بزرگ شود؟ آیا سرعت او دوبرابر نزدیک ترین رقیبش بود؟ پاسخ این سؤال ممکن است شما را به حیرت و شگفتی آورد!

حد نصاب برای مسافت یک مایل متعلق به یک سوئدی است که در سال ۱۹۴۵ به دست آمد و مدت آن ۴/۰۱۴ دقیقه بود راجر یک مایل را در چه مدت زمانی دویده بود؟ ۳/۵۹ دقیقه. . . ! اختلافی ناچیز این دانشجوی گمنام را به یک قهرمان تبدیل کرد زیرا توانسته بود حدود یک درصد از قهرمان قبلی سریع تر بدود.  فرق میان قهرمان و بازنده در بسیاری موارد بسیار ناچیز است و فقط همان تلاش های اضافی است که این تفاوت را ایجاد می‌کند.

فرزانه ژرف نگر، جان هاسن، می‌گوید:

*"یک اسب مسابقه فقط چند ثانیه تندتر از بقیه اسب ها می دود و برنده می‌شود، ولی ارزشش دو برابر بقیه اسب های مسابقه است. همان چند ثانیه تندتر دویدن ارزش نهایی او را مشخص می‌کند. "*

# آنچه برخود نمی پسندی...

مردی وارد رستورانی شد و غذای مفصلی سفارش داد.  پس از سیرشدن مدیر رستوران را صدا زد و گفت: "پول غذائی را که خوردم دارم؛ چون بی نهایت گرسنه بودم چاره‌ای جز این نداشتم."

مدیر رستوران گفت: "به شرطی دست از سرت برمی دارم که به رستوران مقابل بروی و همین بلا را هم سر آن ها بیاوری."

مرد خندید و گفت: "متأسفم، اول به آن رستوران رفتم و او همین خواهش را از من کرد و می‌بینید که مطابق دستورش عمل کرده ام."

**نکته:** آنچه برای خود دوست می داری، برای دیگران نیز دوست بدار و آنچه را که برای خود نمی پسندی، برای دیگران هم مپسند.

وقتی با دیگران رفتاری بهتر از رفتار آن ها با خودمان بکنیم،

به سطح بالاتری می رسیم.

جان سی ماکسول

# ملانصرالدین و گدا

گدایی بر در خانه ملانصرالدین آمد و او را که در پشت بام مشغول کار بود به پایین طلبید. چون ملا پایین آمد گدا گفت: "برای رضای خدا چیزی به من ده."

ملا با عصبانیت گفت: "بیا بالای بام"

گدا را بالای بام برد و گفت: "والله در خانه چیزی ندارم."

گدا ناراحت گفت: "چرا پایین نگفتی؟"

ملا گفت: "تو مرا از بالا به زیر آوردی، من نیز تو را از پایین به بالا آوردم تا تلافی کرده باشم."

**نکته:** انسان‌ها سه گروه هستند:

**ناجوانمردان:** کسانی که چه خوب باشی و چه بد، در حقت بدی می‌کنند، پست هستند و همیشه همه را مثل خود به پستی می‌ کشانند.

**افراد اثرپذیر:** موجودیتشان به طرف، مقابل بستگی دارد؛ خوب باشی خوبند، بد باشی بدند؛ اهل مقابله به مثل و تلافی هستند؛ اگر آن ها را بالا ببری بالا می برندت و اگر به زیر بکشی به زیر می کشندت.

**جوانمردان:** چگونگی بودنشان به چگونگی دیگران وابسته نیست. آن ها برای خود موجودیتی تعریف کرده‌اند و بر اساس آن تصمیم می‌گیرند و اقدام می‌کنند و چگونه بودن دیگران تأثیری در «بودشان» ندارد.

جوانمردان چنان بزرگ منشانه در مقابل پستی ها و پلشتی ها ی دیگران عکس العمل نشان می‌دهند که حتی زشتکارا نی را که برای رنجاندن آن ها این پلشتی‌ها را مرتکب می‌شوند به خضوع، تسلیم و کرنش در برابر عظمت و وقارشان وا می‌دارند. در واقع جوانمردان با این کار نه تنها تغییر نمی‌کنند بلکه عامل تغییر و بهبود آن ها نیز می‌شوند و زشتکاران را از پستی به فراز می برند. به یاد داشته باشیم دریادل باشیم؛ دریا نماد عظمت، وقار و تأثیرناپذیری است. او رود و سیل خروشان و سرکش را که بد قصد حمله و هجوم به سویش می‌تازد، در بزرگی و عظمت خود حل می‌کند؛ پس دریا باشیم، نه رود.


جوانمرد چون دریاست و بخیل چون جوی. از دریا جوی، نه از جوی.

خواجه عبدالله انصاری

# ترس

دختر یک مبلغ دینی به همراه پدرش در دشت های افریقا زندگی می‌کرد.  او در میان گله های شیر بزرگ شده بود از این رو می‌دانست که شیرها برخلاف سایر گونه ها با اعضای پیر گله شان به گونه ای متفاوت رفتار می‌کنند؛ بدین ترتیب که سایر حیوانات سالخوردگان خود را که از عهده زندگی شان بر نمی‌آیند به حال خود رها می‌کنند تا بمیرند، شیرها به این شکل عمل نکرده و از مسن ها برای شکار استفاده می‌کنند. دسته شیرهای بزکوهی را در دره ای تنگ و باریک به دام می اندازند، شیرهای جوان در یک سمت و شیرهای پیر و بدون چنگال و دندان در انتهای دیگر دره جمع می‌شوند.  شیرهای پیر با آخرین توان با صدای بلند غرش می‌کنند، حیوانات درون مسیر با شنیدن صدای غرش به جهت مخالف می دوند و یک راست به دام شیرهای جوانِ منتظر می افتند.  درسی که بزهای کوهی باید می آموختند روشن است، اگر به جهت غرش دویده بودند در امان بودند اما آن ها به شدت از صدا ترسیده بودند و در واقع با فرار از صدای خطر به دام خود خطر افتاده بودند.

این داستان نشان دهنده مشکل جدی اکثر افراد است.  آن ها از صدای غرش می‌گریزند. انسان‌های مضطرب از ترس گریزان هستند و تلاش می‌کنند تا نقطه امن و آرامی پیدا کنند و در آن مخفی شوند.  اگر از پرواز بترسند سوار هواپیما نمی‌شوند، اگر از جمعیت بترسند، خود را در خانه حبس می‌کنند.  ترس آن ها هیچ وقت کاهش نمی‌یابد، بلکه همواره افزایش می‌یابد.  هر چه بیشتر بگریزید، بیشتر می ترسید.

سوزان جفرسون می‌گوید:

"ترس را باور کن و با وجود آن اقدام کن!"

امانوئل هم می‌گوید:

"ببینید در زندگی از چه می ترسید.

ببینید در خودتان از چه می ترسید.

با چشم باز و قلب باز

به درون ترس خود نفوذ کنید.

خواهید دید ترس چون اتاقِ خالی است.

ترس فقط به اندازه اجتناب شما قدرتمند است.

هر چه بیشتر از ترس روی بگردانید

و از آن اجتناب کنید

و نخواهید که در آغوشش کشید،

قدرت بیشتری به آن می بخشید."


دیل کارنگی هم معتقد است:

"بشر آنقدر که از ترس وقایع اتفاق نیفتاده در آینده رنج برده، از خود آن وقایع رنج نبرده است!"


نگارنده هم در پایان راه درمان ترس را از زبان فرزانه ای ژرف نگر چنین بیان می‌کند:

"می‌توان از طریق دعا، تفکر روشن و صحیح، با مهربانی و صبوری و حضور سبز خداوند!

ترس را از بین برد!"


# ذهنیت منفی

مردی با ماشین خود در صحرا و بیابان بی آب و علفی مشغول رانندگی بود، ناگهان متوجه می‌شود بنزین اتومبیلش تمام شده است. ماشین متوقف می‌شود و او خود را در وسط کویری داغ، سوزان و بی آب و علف تنها می‌یابد. فرسنگ ها شن و ماسه او را احاطه کرده و نمی‌داند چه کار کند. ناگهان به یاد می‌آورد که دقایقی قبل بیست مایل عقب تر از جایی شبیه پمپ بنزین عبور کرده است. پس گالنی را از صندوق عقب ماشین در می‌آورد و زیر آفتاب داغ و سوزان پیاده به سمت آن پمپ بنزین به راه می افتد و از خود می‌پرسد: "اگر به آنجا رسیدم و آنچه دیده بودم پمپ بنزین نباشد و فروشگاه یا سوپر مارکت باشد، چه کنم ؟"

این فکر او را ناراحت می‌کند. اما همچنان به راه خود ادامه می‌دهد. این بار از خود می‌پرسد: "چنانچه به آنجا رسیدم و متوجه شدم، درست دیده ام و آنجا یک پمپ بنزین است، اما تعطیل باشد چه؟ ان وقت چه کار کنم؟

این فکر به ناراحتی او می‌افزاید اما به راه خود دامه می‌دهد و آفتاب به مراتب گرم تر می‌شود و راه را برایش مشکل تر می‌کند. این بار فکر می‌کند: "اگر به آنجا رسیدم و متوجه شدم درست دیده ام و پمپ بنزین هم تعطیل نباشد اما کارت اعتباری قبول نکنند چه؟ من که هیچ پول

نقدی با خود ندارم آن وقت چه کار کنم؟ مجبورم راهی را که به سختی طی کرده ام مجدد برگردم."

این بار نگرانی هایش به ترس و اضطرابی جدی بدل شدند و او را سخت به فکر فرو بردند، همین که به پمپ بنزین نزدیک شد و آن را از دور دید از خود پرسید: "اگر به آنجا رسیدم و دیدم یک پمپ بنزین است و تعطیل هم نیست و کارت اعتباری هم قبول می‌کند، اما کسی نباشد که مرا با ماشین برگرداند و مجبور باشم گالن را پیاده و به تنهایی تا ماشینم برسانم، چی؟"

سرانجام مرد به آنجا رسید و دید پیرمرد خوش رو و خو ش اخلاقی با گرمی و خوشرویی تمام به استقبال او که حسابی گردوخاکی بود، آمد و پرسید: "پسرم چه کمکی از دستم بر می‌آید؟ چه کار می‌توانم برایت انجام دهم؟"

مرد که با آن همه افکار منفی و ناخوشایند تمام راه خودش را شکنجه کرده بود با عصبانیت و ناراحتی چهره اش را در هم کشید و گالن بنزین را روی زمین پرت کرد و گفت: "اصلاً بنزین لعنتی تو را می‌خواهم چکار کنم؟"


باربارا دی آنجلیس

"هر انسانی آفریده اندیشه های روزانه خویش است. اگر دگرگونی در زندگی انسان روی دهد، باید از دل و جان آغاز شود تا اندیشه ها و احساسات شخص را تحت تأثیر قرار دهند و دگرگون سازند. "

رالف والدو امرسون


# کشتی بخار

رابرت فولتین کشتی بخار را اختراع کرد.  هنگامی نمایش اختراع جدیدش در سواحل رودخانه هردسون افراد بدبین و شکاکی که اطراف او جمع شده بودند و کارش را مشاهده می‌کردند، می‌گفتند کشتی هرگز روشن نخواهد شد؛ اما وقتی کشتی بخار روشن و وارد رودخانه شد، همان ها شروع کردند به فریادکشیدن که کشتی هرگز متوقف نخواهد شد!

نکته: متأسفانه بسیاری از اطرافیان ما بدبین هستند و برای آن ها مهم نیست که موضوع چیست. مهم نیست که شما در کدام طرف هستید، آن ها همیشه در طرف مقابل هستند.  آن ها شیوه زندگی را با انتقاد ساخته اند، شخصیت منتقد دارند و از هر شخص و موقعیتی نقصی را پیدا خواهند کرد. آن ها اگر در یک مسابقه ببرند باز هم گله می‌کنند.  آن ها اطراف خود را می گردند

و عیب ها را پیدا می‌کنند.  شما می‌توانید چنین افرادی را در بسیاری از خانواده‌ها ببینید.  آن ها عقیده دارند هر کس ویژگی های منفی دارد و تمام دنیا را به سبب مشکلات سرزنش می‌کنند. این افراد **مکندگان انرژی** هستند.  تمام کارهایی که انجام می‌دهند موجب تنش بیشتر برای خودشان و اطرافیانشان می‌شود. آن ها پیام های منفی را مانند بیماری طاعون پخش می‌کنند و محیطی را ایجاد می‌کنند که برای نگرش های منفی مساعد است.

برای رسیدن به موفقیت تا جایی که امکان دارد باید از چنین افرادی دوری کنیم.

## عادت

زیگ زیگلار نقل می‌کند که پرورش دهندگان کک متوجه عادت عجیب و قابل پیش بینی این حشره شده اند. آن ها متوجه شدند وقتی برای نخستین بار ککی را در ته یک ظرف شیشه‌ای قرار می‌دهند، او با توجه به توان جهش بسیار بالای خود، بلافاصله از ظرف بیرون می‌جهد. اما پرورش کک‌ها از لحظه ای آغاز می‌شود که سرپوش شیشه ای را می‌گذارند.  در این وضعیت باز هم کک‌ها شروع به جست و خیز می‌کنند و ناگفته پیداست که سرشان بارها و بارها به سرپوش می‌خورد.  در این مقطع است که اتفاق بسیار جالب روی می‌دهد، بدین ترتیب که کک ها کماکان به جهیدن ادامه می‌دهند اما به مرور جهش آن ها کوتاه تر شده تا جائی که دیگر سرشان با سرپوش برخورد نمی‌کند.  از این رو اگر در این وضعیت سرپوش ظرف برداشته شود، کک ها علی رغم جهیدن هرگز از درون ظرف به بیرون نمی جهند زیرا اندازه جهش آن ها مشخص است. علت این امر ساده است.

کک ها به این میزان جهش عادت کرد ه‌اند و با خوگرفتن به آن دیگر نمی‌توانند بیش از آن بجهند.

آیا ما نیز در زندگی، همانند یک کک عمل می‌کنیم؟ آیا خود را به میزان معینی از جهش در زندگی، عادت می‌دهیم؟

فراموش نکنیم سخن ساموئل اسمایلز را که می‌گوید:

*"عادت به هر چیز در ابتدا از تار عنکبوت هم سست تر است، اما پس از مداومت، رفته رفته سخت تر از زنجیر می‌شود."*

# جواب رد را نپذیرید

دکتر ایگناتیوس که تازه فارغ التحصیل شده بود کار ماساژ و جابه جاکردن ستون فقرات را شروع کرد و تصمیم گرفت دفتری در خلیج مونتریِ کالیفرنیا تأسیس کند.  وقتی برای دریافت کمک و همکاری به موسسه محلی ماساژدرمانی مراجعه کرد، به او گفتند محل کارش را به جای دیگری ببرد.  آن ها گفتند که او نمی‌تواند در این منطقه موفق شود چون افراد زیاد دیگری در این زمینه در آنجا مشغول کار هستند.  اما او تصمیم گرفت کوتاه نیاید.  ماه ها هر روز صبح تا غروب دَرِ خانه ها را می زد و بعد از معرفی خود به منزله دکتر جوان و جدید شهر، چند سؤال می‌کرد:

"کجا را برای دفتر کارم انتخاب کنم؟"

"در کدام روزنامه آگهی بدهم که به دست همسایگان شما برسد؟"

"برای کسانی که از نُه صبح تا پنج عصر سر کار هستند، صبح ها کارم را زودتر شروع کنم یا عصرها ساعات بیشتر ی در محل کارم بمانم؟"

و بالاخره می پرسید:"وقتی دفترم را باز کردم، دوست دارید دعوتنامه دریافت کنید؟"

اگر پاسخ « بله » بود نام و نشانی آ نها را می نوشت و ادامه می‌داد.  روزها و ماه ها پشت سر هم سپری شدند و او به کارش ادامه داد.  تا زمانی که متوجه شد دَرِ دوازده هزاروپانصد خانه را زده و با شش هزاروپانصد نفر صحبت کرده است.  پاسخ بسیاری موارد« نه » بوده و تعدادی موارد هم « کسی در خانه نبوده است ».  حتی یک روز در ایوان یکی از منازل به دام افتاد  پایش در گودال گیر کرد و تمام بعدازظهر آنجا ماند! اما بله های زیادی هم گرفته بود و در طول اولین ماه کاری اش ۲۳۳ بیمار جدید را معاینه کرد ه و درآمدش به هفتاد دو هزار دلار رسیده بود، آن هم در منطقه ای که می‌گفتند: "به پزشک دیگری نیاز ندارند!"

**نکته:** برای آن که به آنچه می خواهید برسید باید درخواست کنید، درخواست کنید، درخواست کنید و بگویید بعدی، بعدی، بعدی تا بالاخره به آنچه که دنبالش هستید، برسید. هر کس که موفق شده و به اوج رسیده، بی شک جواب های منفی زیادی را تحمل کرده است.


چنانچه سیلوستر استالونه می‌گوید:

*"از نظر من شنیدن جواب رد همانند صدای شیپوری است که مرا از خواب بیدار می‌کند و می‌گوید ادامه بده، عقب نشینی نکن."*

جرج برنارد شاو هم با توانمندی خاص می‌گوید:

"مردم موفق کسانی هستند که برمی‌خیزند و به دنبال خواسته خود حرکت می‌کنند و اگر آن را نیافتند با تلاش و کوشش آن را به وجود می‌آورند."

تاونی ادل نیز نویسنده کتاب راههای برگشت در پایان می‌گوید:

"هرگز از رؤیای خود دست برندارید.  پشتکار و استقامت از همه مهم‌تراند.  اگر آرزویی نداشته باشید و به خودتان مطمئن نباشید، نمی‌توانید بعد از این که به شما گفتند باید تسلیم شوید، ادامه دهید و هرگز نمی‌توانید رؤیای خود را بسازید."

# عذرخواهی

رابرت کونکلین، نویسنده کتاب چگونه مردم را وادار به انجام وظایف کاریشان کنیم، در حال مسافرت با هواپیما بود که خلبان از بلندگو اعلام کرد: "از تکان های شدیدی که صبح امروز به هنگام پرواز به وجود آمد پوزش می‌خواهم؛ ما در آن هنگام در ارتفاعات بالا در صدد یافتن مسیری آرام و بی موج بودیم، اما موفق به این کار نمی‌شدیم.  ضمن پوزش مجدد، امیدوارم از خوردن صبحانه لذت برده باشید.  از این که با ما همسفر هستید، خوشحالیم."

پس از فرود هواپیما هنگامی که کونکلین داشت از هواپیما پیاده می‌شد، یکی از مهمانداران بار دیگر عذرخواهی کرد و این کار باعث خشنودی بیش از پیش کونکلین شد.
ونکلین در کتاب خود می نویسد: "پوزش و عذرخواهی از چند کلمه تشکیل شده است، همین چند کلمه نشان می‌دهد که شما هوای طرف مقابل را دارید و نسبت به احساسات جریحه دارشده او حساس هستید." وی در جای دیگری از کتابش می نویسد: "چه فرقی دارد که اشتباه از طرف چه کسی باشد؟ با ادای مطلبی محبت آمیز اشتباه را به فراموشی بسپارید.  اطمینان داشته باشید که با انجام این کار، دل رنجیده طرف مقابل را به دست خواسید آورد، "
نکته: پذیرش اشتباه یا شهامت اخلاقی « معذرت خواهی » یکی از معیار هایی است که افراد موفق را می‌توان از افراد ناموفق تمیز داد.

پذیرش تقصیرات و اشتباهات و اعلام صریح معذرت خواهی اتفاقی است که ما در مناسبات خانوادگی، شغلی و در سطح های دیگر زندگی مان بسیار کم شاهد وقوع آن هستیم.  افراد حقیر

فکر می‌کنند با پذیرش مسئولیت نقص‌ها و بدتر از آن و با پوزش طلبیدن غرور خود را از دست می‌دهند.  اما افراد موفق با حقایق سروکار دارند و شجاعانه جام شوکرانِ حقیقت (پذیرش مسئولیت اشتباهات) را سر می کشند و با این کار عظمت خود را - بی آن که چنین هدفی داشته باشند- به نمایش می‌گذارند.

به یاد بسپارید:

فقط یک همسر و والد توانمند است که می‌تواند معذرت خواهی کند.

فقط یک انسان با اعتمادبه نفس است که می‌تواند معترف به اشتباهاتش باشد.

و فقط از زبان یک مدیر مقتدر است که جمله « ببخشید، من اشتباه کردم» را می‌شنوید.

ترسوها هرگز توانایی معذرت خواهی ندارند.

**از امروز تصمیم بگیریم این قدرت را در خود پرورش دهیم.**


# نیروهای درونی را آزاد کنید

در روزگاری دور سرخپوستی پیر بود که بسیار فقیرانه زندگی می‌کرد؛ اما هنگامی که یک چاه نفت در زمینش پیدا شد، از فقر نجات پیدا کرد و یک شبه ثروتمند شد. تصمیم گرفت با خرید یک دستگاه اتومبیل کادیلاک این پیروزی را جشن بگیرد.  در آن زمان دو تایر یدک در قسمت عقب اتومبیل های کادیلاک تعبیه می‌کردند. سرخپوست پیر که دوست داشت با بقیه فرق داشته باشد به جای دو تایر یدک، چهار تایر یدک عقب اتومبیلش قرار داد. برای خود یک دست کت و شلوار و یک کلاه زیبا خرید. هر روز به شهر داغ و خاک گرفته و کوچک اوکلاهاما می‌رفت و با اتومبیلش در آن شهر جولان می داد و می‌خواست اتومبیل جدیدش را به رخ همه بکشد.  با هرکس که از کنارش می گذشت، دست می‌داد و صحبت می‌کرد.  گاهی اوقات برای این که بتواند با همه ساکنان آن شهر حرف بزند، یک دور کامل در شهر می زد.  اما جالب اینجاست که هیچ وقت با کسی یا چیزی تصادف نمی‌کرد.

می‌توانید حدس بزنید چرا؟ چون اتومبیل بزرگ و زیبایش را به دو اسب تنومند و قوی بسته بود و در واقع اسب ها اتومبیلش را راه می‌بردند!

**نکته:** حکایت بالا به نیروهای درون انسان اشاره می‌کند. در درون انسان صفات و خصوصیاتی نهفته است که هر یک به تنهایی نیرو و قدرتی ویژه دارد. مجموعه این نیروها که بعضی آشکار و

بعضی پنهان است، نیروی محرکه انسان را تشکیل می‌دهد. تفاوت انسان‌ها در میزان آگاهی و استفاده از این نیروهاست.  کاوش های عصر حاضر در مورد انسان نشان دهنده آن است که بر خلاف آنچه تصور می‌کنند، انسان‌ها کم یا بیش دارای منابع و ذخایر بالقوه و خداداد مشابه هستند و از این لحاظ تفاوت فاحشی بین آن ها وجود ندارد.  عده ای این استعداد ها و ذخایر را در وجود خود کشف می‌کنند و با به کار بستن آن به نتایج عظیم و شگرف دست می یابند و عده ای دیگر از توانایی های بالقوه خود استفاده نمی‌کنند و آن را با خود به گور می‌برند.

نورمن وینسنت پیل، نویسنده کتاب تفکر مثبت، از نیروی بی پایان درونی انسان به نام « قدرت عامل افزون » یاد می‌کند و می‌گوید:

"آیا می‌دانید که نیرویی در درون شما وجود دارد که می‌تواند زندگی تان را دگرگون کند ؟ نیرویی که قابل مشاهده و لمس نیست ولی به طور کامل واقعی است.  نیرویی که می‌تواند شما را چنان سریع دگرگون کند که بتوانید تحت تأثیر آن فردی جدید، قوی، متکی به خود، متعادل، باتحرک، و توانا جهت رویارویی با مشکلات روزافزون زندگی امروزی شوید. این نیروی قابل ملاحظه می‌تواند شما را از شکست به موفقیت و از تردید به خود و یقین رهنمون شود.  همچنین باید به شما اطمینان دهم که این نیرو می‌تواند به شما کمک کند تا دوستانی یک دل بیابید، مشکلات خود را حل کنید، عادت‌های کهنه و پوسیده را در هم بشکنید و در دنیایی متفاوت از دنیای قبلی خود قدم بگذارید. دنیایی که سرشار از شوق، تفاهم و شادی خواهد بود.  من این نیرو را **عامل افزون** نامیده‌ام.

# وقت طلاست

بنجامین فرانکلین، نویسنده و دولتمرد، مشغول صفحه بندی و نشر روزنامه در فیلادلفیا بود که مردی وارد انتشاراتش شد.  این مرد پس از نگاه اجمالی به جزوات و کتاب هایی که در معرض فروش گذاشته شده بودند، یکی از کتاب ها را برداشت و از دستیار او پرسید: "قیمت این کتاب چقدر است؟"

دستیار گفت: "یک دلار."

مرد باتردید و دودلی پرسید: "تخفیف ندارد؟"

دستیار گفت: "نه، مأسفاله!"

مرد تقاضا کرد تا صاحب انتشارات را ببیند اما فرانکلین سخت مشغول کار بود و این امر برای مشتری مهم نبود. او به محض دیدن فرانکلین تخفیف خواست و فرانکلین گفت: " قیمت کتاب یک دلار و پانزده سنت است>"

مشتری با شنیدن قیمت تعجب کرد و گفت: "اما دستیار شما قیمت آن را یک دلار گفتند."

فرانکلین پاسخ داد: " اگر کتاب را به آن قیمت می خریدی من اعتراضی نداشتم، اما توجه داشته باشید که شما در کار بنده وقفه ایجاد کردید."

مشتری باز تسلیم نشد و گفت: " دست بردار آقای فرانکلین، قیمت نهایی کتاب با تخفیف چقدر است؟"

فرانکلین گفت: "یک دلار و نیم! در ضمن، فراموش نکنید که هر چه بیشتر به این چانه زدن ها ادامه دهید، وقت بیشتری از من می گیرید و در نتیجه، بنده مجبور هستم قیمت کتاب را همچنان بالا ببرم."

مشتری سرانجام به این درس قدیمی واقف شد که "وقت طلاست!"


**نکته:** هر چیز که امروز هستید و هر چیز که در آینده خواهید شد، به طرز تفکر و طرز استفاده از وقت تان بستگی دارد. افراد موفق در مقایسه با افراد ناموفق در یک دوره زمانی یکسان، توانایی انجام کار بیشتر دارند. آن ها اهداف شفاف، برنامه های ویژه و تقویم های کاری بسیار سازماندهی شده دارند و به همین خاطر می‌توانند همیشه روی ارزشمندترین کاربرد وقتشان متمرکز شوند. نقطه مشترک آن ها این است که در مدت زمان معین در مقایسه با اطرافیان خود، کار بیشتری انجام می‌دهند. آن ها از دقایق و ساعت های هر روز زندگی خود به طور دقیق استفاده می‌کنند؛ بسیار فعال و کارآمد هستند و در صورت لزوم، کارهای بیشتر و سخت تر و باارزش تر انجام می‌دهند و در نتیجه به نتایج بهتری دست می‌یابند.

دنیا در حال ورود به دوره ای جدید است و یکی از مشکلترین اصلاحاتی که مردم باید انجام دهند این است که مفاهیم و باورهای پایه ای و بنیادین خود را در مورد مدیریت زمان تغییر دهند.

دن سولیوان

# مزد آن گرفت جان برادر که کار کرد

روزی فردی به کرایسلر، موسیقیدان بزرگ، گفت: "حاضرم نیمی از عمرم را بدهم تا مثل شما ویولن بنوازم."

کرایسلر در جواب گفت: " من هم همین کار را کردم!"

پیروزی های انسان نتیجه شکست های مکرر

و تلاش مستمر برای بالندگی است.

جان ماکسول

## جادوی پرسش

آیا می دانید که طرح یک سؤال صحیح می‌تواند به طور عملی جان انسان را نجات دهد؟ یک پرسش جان استانیسلاوکی لخ را نجات داد. شبی نازی ها به خانه او ریختند و او و خانواده اش را به اردوگاه مرگ بردند و اعضای خانواده اش را جلوی چشمانش به قتل رساندند.

او در کنار سایر زندانیان اردوگاه با ضعف، اندوه و گرسنگی از صبح تا شب کار می‌کرد. چگونه ممکن است انسان در چنین شرایطی زنده بماند؟ اما او هرطور که بود به زندگی ادامه داد. یک روز به جهنمی که در آن زندگی می‌کرد، نگریست و دانست که حتی اگر یک روز دیگر در آنجا زندگی کند، از بین خواهد رفت. تصمیم به فرار گرفت. هیچ کس تا آن زمان نتوانسته بود از آنجا فرار کند؛ علی رغم این موضوع با خود اندیشید که به طور حتم راهی برای فرار هست. او مرکز توجه خود را از این که این که **چگونه می‌تواند شرایط موجود را تحمل کند** به آن که _چگونه می‌توان از این مکان وحشتناک گریخت_ تغییر داد و هر بار جواب قبلی به نظرش می‌رسید: "احمق نباش! راهی برای فرار نیست. با این پرسش ها فقط روح خود را شکنجه می دهی."

اما این پرسش برایش قابل قبول نبود. او به طور مرتب از خود می پرسید:

"چگونه می‌توانم این کار را انجام دهم ؟"

"چگونه می‌توانم از این محل خارج شوم؟"

یک روز پاسخ خود را گرفت. بوی گوشت فاسدشده را در نزدیکی محل کار خود احساس کرد. مردان، زنان و کودکان را از کوره های آدم سوزی بیرون می‌آوردند و اجساد عریان آن ها را در

یک کامیون می ریختند.  لخ به جای اینکه به این سؤال توجه کند که خداوند چگونه دلش راضی می‌شود که این همه جنایت در روی زمین اتفاق بیفتد؟ از خود پرسید: "چگونه می‌توانم از این موضوع برای فرار استفاده کنم؟"

چون غروب آفتاب فرارسید و زندانیان به استراحتگاه خود رفتند، او تمام لباس هایش را درآورد و دور از چشم دیگران با بدن برهنه، خود را در میان اجساد مردگان پنهان ساخت. او در حالی که خود را به مردن زده بود و بوی تعفن و سنگینی لاشه های دیگر را بر روی خود احساس می‌کرد، مدت ها منتظر ماند. سرانجام صدای روشن شدن موتور کامیون را شنید. پس از سفری کوتاه، انبوه مردگان را در یک قبر دسته جمعی تخلیه کردند.

در آنجا نیز آنقدر منتظر ماند تا اطمینان یافت که کسی در آن حوالی نیست و پس از آن با بدن عریان حدود چهل کیلومتر مسافت را دوید تا به آزادی رسید.

چه عاملی باعث شد تا استانیسلاوکی لخ سرنوشتی غیر از میلیون ها نفر که در اردوگاه مرگ بودند، داشته باشد؟

او سؤال‌های بی شماری از خود پرسیده بود و آن ها را بارها تکرار کرده بود؛ انتظار کشیده بود و اطمینان داشت که سرانجام پاسخ را خواهد یافت.

**نکته:** اگر می‌خواهیم کیفیت زندگانی خود را تغییر دهیم، باید در سؤال هایی که از خود یا دیگران می پرسیم، تغییر به وجود آوریم.

# به دیگران کمک کنیم

سال ها قبل دو جوان، همزمان با تحصیل در دانشگاه استنفورد کار هم می‌کردند.  پول کمی داشتند بنابراین به ذهنشان خطور کرد در کنسرت پیانو با پادروسکی کار کنند تا هزینه‌های خورد و خوراک و شهریه خود را بپردازند.

مدیر کنسرت از آن ها ضمانت دوهزاردلاری خواست.  مبلغ ضمانت در آن زمان پول زیادی بود، اما جوان ها قبول کردند و برای اجرای کنسرت دست به کار شدند.  آن ها سخت کار کردند و در نهایت ۱۶۰۰ دلار عایدشان شد.

دو جوان بعد از اتمام کنسرت به هنرمند بزرگ اطلاع دادند درآمد فقط ۱۶۰۰ دلار بوده و سفته ششصد دلاری را هم به ضمیمه فرستادند و قول دادند در اولین فرصت ممکن پول سفته را بپردازند.

چنین به نظر می‌رسید که پایان دوره دانشگاه رفتنشان بود.  اما پادروسکی جواب داد: "نه جوان‌ها، لازم نیست." سفته را پاره کرد و دلار را به آن ها برگرداند و گفت: " از این ۱۶۰۰ دلار همه هزینه هایتان را کسر کنید و هر کدام هم ده درصد به عنوان دستمزد بردارید و بقیه اش را به من بدهید."

سال ها گذشت و جنگ جهانی اول شروع و تمام شد.  پادروسکی نخست وزیر لهستان شد و تلاش کرد هزاران انسان گرسنه سرزمینش را غذا بدهد.  تنها شخصی که در آن زمان به او کمک کرد

**هربرت هوور** رئیس دفتر اعانه و غذای امریکا بود.  هوور مشتاقانه پذیرفت و به سرعت،هزاران تُن غذا به لهستان فرستاد.

بعد از این که افراد گرسنه تغذیه شدند، پادروسکی به پاریس سفر کرد تا هوور را ببینند و به خاطر کاری که کرده بود، از او تشکر کند.  در آن ملاقات هوور گفت:

"آقای پادروسکی همه چیز بسیار عالی بود، با این که شما به یاد نمی آورید اما زمانی که من دانشجوی کالج بودم و دچار مشکل شده بودم، شما به من کمک کردید."

**نکته:** افکار، اعمال یا رفتارمان هر چه که باشند دیر یا زود بادقت و شدت بیشتری به خود ما برمی گردند.  اگر با مردم محترمانه برخورد کنید، با شما همان طور برخورد خواهند کرد.

*"یکی از زیباترین پاداشهای زندگی این است که هیچکس نمی‌تواند بدون کمک به خود صادقانه به دیگری کمک کند."*

رالف والدو امرسون


## قدرت استقامت

روزی از فریتز کریسلر، نوازنده مشهور، پرسیدند: "چگونه اینقدر خوب می نوازید؟ آیا این از خوش اقبالی شماست؟"

وی پاسخ داد: "این کار فقط با تمرین میسر است.  اگر یک ماه تمرین نمی‌کردم شنوندگانم تفاوت نواختنم را احساس می‌کردند، اگریک هفته تمرین نمی‌کردم، همسرم این تفاوت را می‌فهمید و اگر یک روز تمرین نمی‌کردم، خودم متوجه این تفاوت می‌شدم.

**نکته:** استقامت از تعهد سرچشمه می‌گیرد و به عزم و اراده منتهی، می‌شود و آن هم نتیجه مطلوب استقامت است.  ورزشکاران سال ها تمرین می‌کنند تا نتیجه آن را برای چند ثانیه یا

چند دقیقه پیروزی به کار یبرند. استقامت یک تصمیم است، نوعی تعهد برای پایان آنچه آغاز کرده اید. هنگامی که خسته ایم دٔست کشیدن از کار ایده خوبی به نظر می‌رسد، اما برندگان این کار را نمی‌کنند و تحمل پیشه می‌کنند. فرد پیروز و برنده درد را تحمل می‌کند و کارهای نیمه تمامش را به پایان می رساند. اغلب مردمی که بازنده می‌شوند خوب شروع می‌کنند؛ اما هرگز کار را به پایان نمی رسانند. منشأ استقامت، هدف است. زندگی بدون هدف سرگردانی است فردی که هدف ندارد به هیچ وجه استقامت ندارد و کارش را به سرانجام نخواهد رساند. از این رو فرزانه ژرف نگر، کلوین کولیج، می‌گوید: **"هیچ چیز جای استقامت را نخواهد گرفت، حتی استعداد هم در این جایگاه نیست. هیچ چیز افزون تر از افراد ناموفق بااستعداد نیست، نبوغ هم در آن جایگاه قرار ندارد؛ نبوغ تحسین نشده مثال زدنی است. تحصیلات هم آن مقام را نخواهد داشت، جهان پر است از افراد تحصیل کرده بیکار. استقامت و عزم راسخ می‌توانند به تنهایی فرد را به موفقیت برسانند."**

## شیر هستید یا روباه؟

روزی درویشی روباهی بی دست و پا دید:

یکی روبهی دید بی دست و پای فرو ماند در لطف و صنع خدای

درویش تعجب کرد که این روباه با این وضعیت چگونه غذا به دست می‌آورد و چگونه زنده مانده است. در همان لحظه، شیری ظاهر شد که شغالی را شکار کرده بود:

شغال نگون بخت را شیر خورد بماند آنچه روباه از آن سیر خورد

روز دیگر درویش دوباره این ماجرا را مشاهده کرد و به این باور رسید که خدا روزی رسان است؛ لذا کنج خانه اش نشست و دست از کار و تلاش برداشت. اما پس از گذشت چند روز هیچ خبری نشد و او چنان در تنگنا و مضیقه افتاد که از بی غذائی رو به موت رفت:

نه بیگانه تیمار خوردش نه دوست چو چنگش رگ و استخوان ماند و پوست

در این وضعیت ندایی از عالم غیب به گوش درویش رسید: "تو چرا از این داستان شیربودن را نیاموختی، بلکه روباه بودن را آموختی."

| | |
|---|---|
| مینداز خود را چو روباه شَل | برو شیر درنده باش ای دغل |
| مخَنَّث خورد دسترنج کسان | چو مردان ببر رنج و راحت رسان |
| نه خود را بیفکن که دستم بگیر | بگیر ای جوان دست درویش پیر |

بوستان سعدی

## شخصیت موفق

آبراهام لینکلن در جوانی وکیلی خبره و مجرب بود که مشهور بود سخنران بسیار متبحری نیز هست.

در همان دوران روزی تصمیم گرفت در جلسه دادگاهی شرکت کند که قرار بود وکیلی بسیار مجرب از فردی که مرتکب قتل شده بود دفاع کند.  فاصله دادگاه تا خانه لینکلن حدود ۷۰ کیلومتر بود.

او تمام راه را پیاده رفت تا به دفاع تأثیرگذار وکیل گوش کند.  لینکلن پس از شنیدن صحبت های او در جلسه دادگاه با وکیل دست داد و در حال بیرون رفتن از دادگاه به او گفت: "من هفتاد کیلومتر را با پای پیاده این جا آمدم تا سخنان شما را بشنوم و اگر قرار بود ده ها کیلومتر دیگر را نیز طی کنم، این کار را می‌کردم."

وکیل با شنیدن این حرف بادی به غبغب انداخت و با بی تفاوتی و افاده لینکلن جوان را برانداز کرد، بینی خود را بالا کشید و بعد بدون این که چیزی بگوید با حالتی تکبرآمیز و پیروزمندانه از دادگاه خارج شد.  سال ها بعد آن دو باز با یکدیگر ملاقات کردند؛ اما این بار در کاخ سفید، یعنی جایی که وکیل خودخواه و مغرور برای درخواست عفو و دادن عرض حال مردی محکوم به مرگ، نزد رئیس جمهور آمریکا آمده بود.  لینکلن صبورانه به تمام صحبت های وکیل گوش داد و پس از اتمام حرف های او گفت: "از سال ها پیش که شما را در حال دفاع دیدم، هیچ تغییری در فصاحت و سحر کلامتان ایجاد نشده است.  شاید هم من آن روز راجع به شما درست قضاوت نکردم و از این بابت عذرخواهی می‌کنم.  در هر حال، من با پیشنهاد عفو موکل شما موافقت می‌کنم."

وکیل با شنیدن این حرف سرخ و سفید شد و با لکنت از لینکلن عذرخواهی کرد! او با توجه به شخصیت ناخوشایند و نا مطلوب خود در نخستین دیدار با لینکلن، ممکّن بود باعث شود در دومین دیدارش سرنوشت دیگری در انتظار او و موکلش باشد و برایش گران تمام شود.

**نکته:** شخص خوشایند، دوست داشتنی و موفق کسی است که با دیگران دشمنی نمی‌کند. چنین فردی را نمی‌توان در یک یا چند کلمه تعریف کرد زیرا نشان دهنده مجموعه ای از تمامی ویژگی های خوب و بد یک فرد است.  شخصیت شما به شخصیت هیچ فرد دیگری شبیه نیست.

شخصیت شما مجموعه ای است از خصوصیات، احساسات، هیجانات، مشخصات ظاهری، باطنی و نظایر آن که شما را از تمامی انسان‌های روی کره زمین متمایز می‌کند. پوشش شما بخش مهمی از شخصیت تان را شکل می‌دهد و هماهنگی رنگ ها، کیفیت لباس ها و بسیاری جزئیات دیگر همه و همه نمایانگر بخشی از شخصیت شماست. روان شناسان ادعا دارند که می‌توانند هر فرد را از جنبه های مختلف به دقت تجزیه و تحلیل کنند.

حالت چهره و خطوط صورت شما بخش مهمی از شخصیت تان را شکل می‌دهد. صدای شما از جمله لحن کلام، حجم صدا و زبانی که به کار می گیرید، بخش های مهم شخصیت تان را تشکیل می‌دهد، زیرا به محض این که کلامی می‌گویید مشخص می‌کند چه نوع فردی هستید و چه ویژگی هایی دارید.

نوع دست دادن شما به دیگران بخش مهمی از جنبه های شخصیت تان را آشکار می سازد. اگر هنگام دست دادن همچون یک ماهی مرده بی روح و بی تفاوت دست دهید، شخصیتی از خود بروز می‌دهید که هیچ نشانی از سرزندگی و شادابی در وجودش نیست. شخصیت خوشایند و دوست داشتنی را اغلب می‌توان در فردی یافت که با آرامش و مهربانی صحبت می‌کند، از واژه‌هایی بهره می‌برد که طرف مقابل را آزرده خاطر نمی‌کند و لحن کلامش دلنشین و روح بخش است.

چنین فردی هرگز خودخواه و مغرور نیست، حتی برعکس بافروتنی می کوشد به دیگران کمک کند و در خدمت آنان باشد.

او دوست تمام بشر است، خواه فقیر و خواه غنی و صرف نظر از هر شغل، مذهب و تفکری که دارد. در ضمن از همنشینی با افراد مغرور، خودپسند و بدکردار اجتناب می ورزد و بیهوده وارد بحث های بی نتیجه و تکراری پیرامون موضوعات مذهبی یا سیاسی نمی‌شود و بر اعصابش مسلط است.

او می داند که شخصیت افراد ترکیبی از رفتارهای خوب و بد است. از این رو، با واقع بینی هم خوبی ها و هم بدی های آنان را می بیند و خودفریبی نمی‌کند؛ اما در عین حال این درایت را دارد که خود را از گزند افراد بی اعتدال و بد دور کند و با مشکلات اخلاقی و رفتاری آنان درگیر نشود.

او بر رفتار خود تسلط دارد، مدام تلاش نمی‌کند که دیگران را سرزنش کند و رفتارشان را به چالش بکشد و به خوبی می داند که افراد مسئولِ اعمال خود هستند. او همواره لبخند بر لب دارد و با دیگران خوش برخورد است و با مهربانی با کودکان رفتار می‌کند. وقتی مشکلی برای

کسی بروز می‌کند تا حد ممکن در جهت رفع آن تلاش می‌کند و اگر نتواند، از همدلی و همدردی دریغ نمی‌ورزد.

دیگران را بابت نامهربانی‌ها و قصورشان می‌بخشد و سعی می‌کند همیشه مؤثر و مفید باشد. با مثبت اندیشی خود دیگران را ترغیب می‌کند، به سوی کسب موفقیت‌های بیشتر و بزرگ‌تر رهنمون می‌سازد و به آن‌ها حق می‌دهد آن طور که مایل‌اند رفتار کنند.

او شخصیتی خوشایند و دوست داشتنی دارد که با یادگیری شگرد تعامل و ایجاد سازگاری مسالمت آمیز با دیگران، بدون اختلاف نظر و کشمکش رفتار می‌کند. یکی از معروف ترین و موفق ترین افراد در امریکا زمانی گفت که شخصیتی دوست داشتنی و مطلوب را به مدرک دانشگاهی اش، که پنجاه سال پیش از دانشگاه هاروارد گرفته، ترجیح می‌دهد.

او عقیده داشت انسان می‌تواند با شخصیت دوست داشتنی به مراتب کارهای بیشتری نسبت به مدرک دانشگاهی انجام دهد. پیشرفت در داشتن شخصیت دوست داشتنی به تمرین برای رسیدن به خویشتن داری نیاز دارد، زیرا وقایع و افراد بسیاری تلاش می‌کنند که صبوری و شخصیت خوب شما را از بین ببرند؛ اما این کار ارزش تمرین و تلاش را دارد و فردی که واجد شخصیت دوست داشتنی است، در مقایسه با دیگران پایمردی و تحمل بسیار بیشتری دارد.

# رستگاری

روزی عبدالله مبارک به قصد دیدن بهلول به صحرا رفت. نزد او رسید و گفت: "ای بهلول، از تو می‌خواهم مرا پند دهی که در دنیا چگونه باید زیست تا از معصیت دور بود، زیرا من مردی گنهکارم و از عهده نفس سرکش برنمی‌آیم. راهی بنما تا از دم مبارک تو رستگاری یابم."

بهلول چون این سخنان از عبدالله مبارک شنید، به وی گفت:" ای عبدالله، با من چهار شرط کن! که چهار کار کنی، تا تو را پند دهم."

عبدالله مبارگ پدیرفت. بهلول گفت:

"شرط اول آن که وقتی گناه کنی و خلاف امر خدا نمایی روزی او نخوری."

عبدالله چون این شنید، گفت: "پس رزق که خورم؟"

بهلول گفت: "عبدالله، تو مردی عاقل هستی، اگر دعوی بندگی کنی، روزی او را خوری و اگر خلاف حکم او نمایی، خود انصاف بده که شرط بندگی چنین باشد."

اما شرط دوم این است که:" هرگاه خواستی معصیت کنی آگاه باش که در ملک او نباشی."
عبدالله گفت:
" اما ای بهلول، این از شرط اول مشکل تر است. همه جا ملک حق تعالی است. کجا می‌توانم بروم؟"
بهلول گفت: "آری عبدالله، پس قبیح باشد که رزق او خوری، در ملک او باشی و فرمان او نبری!"
اما شرط سوم آن است که: اگر خواستی معصیت کنی جایی برو تا تو را نبیند، آن وقت هر چه خواهی کن!"
عبدالله گفت: "ای بهلول، این از همه مشکل تر است. حق تعالی به همه چیز دانا و بینا و در همه جا حاضر و ناظر است."
بهلول گفت: "آری، عبدالله چنین است و اما شرط چهارم آن است که در آن وقت که ملک الموت ناگاه نزد تو آید تا فرمان حق به جا آورد، در آن ساعت او را گویی که مرا چند مهلت ده که از نزدیکان خود وداع کنم و از ایشان حلالیت طلبم و توشه راه آخرت بردارم، آن وقت قبض روحم کن!"
عبدالله گفت: "ای بهلول، این مشکل ترین شرط هاست. ملک الموت به هنگام سرآمدن عمر یک نفس مهلت ندهد."
بهلول گفت: "آری، پس چون رزق او خوری و در ملک او باشی و در همه حال او تو را بیند و نفسی بیشتر از آنچه مقدر است نتوانی، از خواب غفلت بیدار شو و در کار آخرت باش و کار امروز به فردا مینداز تا تو را در آخرت ندامتی نباشد."
گوسفند از آدمی آگاه تر است، از آن که بانگ شبان او را از چراکردن بازدارد و آدمی را سخن خدای عز و جل از مراد بازنمی دارد!

حسن بصری


## کاشت درخت

جان اف کندی، از رؤسای جمهور آمریکا، از یکی از فرماندهانش خاطره‌ای نقل می‌کند مبنی بر اینکه به باغبان دستور می‌دهد درختی را بکارد.
باغبان می‌گوید: "ولی این درخت آهسته رشد می‌کند و دست کم صد سال طول می کشد تا بالغ شود."

فرمانده می‌گوید: "بنابراین خیلی دیر کرده ایم، همین بعدازظهر آن را بکار."

**نکته:** برنامه ناقصی که هم اکنون باسرعت اجرا شود، بهتر از برنامه کاملی است که هفته آینده اجرا شود.

# گل رز و خارهایش

پیرزنی گل رزی کاشته بود و همیشه به آن آب می داد. روزی قبل از به گل نشستن رز آن را به دقت نگاه کرد و متوجه خارهای روی ساقه گل شد. با خود اندیشید: "از گیاهی با خارهای تیز، چطور گلی به این زیبایی می‌روید."

از این فکر ناراحت شد و از آب دادن گل غافل ماند. گیاه قبل از این که گل بدهد، پژمرده شد و مرد.

**نکته:** درون هر انسان گل رز وجود دارد. ارزش های الهی با نفس کشیدن ما در درونمان بین خارهای اشتباهات رشد می‌کنند.

خیلی از ما به خود نگاه می‌کنیم و فقط به دنبال اشتباهاتمان هستیم و با این تفکر که هیچ کار خوبی از ما برنمی‌آید، ناامید می‌شویم. ما خوبی های درونمان را نادیده می‌گیریم و آن ها نیز می‌میرند.

**برخی ها خود گل رز درونشان را نمی یابند، شخص دیگری باید آن را پیدا کند. یکی از با ارزش ترین کارهایی که یک شخص می‌تواند در رابطه زناشویی انجام دهد، این است که بتواند خارهای (اشتباهات) همسرش را نادیده بگیرد و گل رز (خوبی)درون او را پیدا کند.**

این یکی از ویژگی های عشق است که شخص را ببیند، اشتباهاتش را بداند و او را به زندگی اش راه دهد. به شریک زندگی‌تان کمک کنید تا درک کند که می‌تواند بر اشتباهاتش فائق آید. اگر ما گل درونشان را به آ نها نشان دهیم، آن ها خارهایشان را می شکنند و فقط پس از آن است که می‌توانند بارها و بارها گل دهند.

# اعتماد هوشمندانه

در رمان معروف بینوایان، اثر ویکتور هوگو، شخصیتی معروف به نام ژان وال ژان وجود دارد که به سبب دزدیدن یک نان، آن هم در دوران سخت اقتصادی، به نوزده سال زندان محکوم می‌شود! او بارها تلاش می‌کند از زندان فرار کند و هنگام آزاد شدن شناسنامه ای زردرنگ به او می‌دهند که نشانه مجرم بودنش است. به همین علت هیچ مهمانخانه ای حاضر نمی‌شود به او اتاق بدهد و هر جا کار می‌کند دستمزدش را کامل نمی‌دهند. سرانجام اسقفی مهربان به نام مایریل به او جا و مکان داده و اجازه می‌دهد شب را پیش او بگذراند. آن شب ژان وال ژان شمعدان نقره ای اسقف را دزدیده و فرار می‌کند، اما مأموران دستگیرش کرده و او را دوباره نزد اسقف بازمی‌گردانند. با وجود این اسقف در حالی که شمعدان های به جا مانده را در دست داشت در مقابل چشمان مأموران پلیس به ژان گفت: "این ها را جا گذاشته ای؟"

و به او یادآوری می‌کند: "قول دادی مرد درستکاری شوی."

ژان وال ژان که از گفتار و اعتماد اسقف حیرت زده شده بود، به شهروندی صادق و درستکار تبدیل می‌شود و به زنی فقیر که در حال مرگ بود قول می‌دهد سرپرستی دخترش را بر عهده بگیرد. همچنین زندگی افراد مختلفی را نجات می‌دهد و آن افسر پلیس بدجنس را که سعی داشت او را بازداشت کند، می بخشد.

**نکته:** از این داستان نتیجه می گیریم یک عمل ساده که همان« اعتماد » است، روی زندگی ژان وال ژان و تمام کسانی که با او ارتباط داشتند، چه تأثیر شگرفی می گذارد.

رهبران موظف اند الگوهای اعتماد باشند. چنانچه در تیم، سازمان، کلاس درس یا خانواده خود رهبریا مدیر هستید، فرصت دارید اعتماد را گسترش دهید و ابتدا هم از خودتان شروع کنید. اگر در گذشته کاری انجام داده اید که باعث ازبین رفتن حس اعتماد شده است، هر چه زودتر باید آن را دوباره پایه گذاری کنید و از اول بسازید. اعتماد هوشمندانه قدرت قضاوت ماست که به ما امکان می‌دهد بهتر عمل کنیم و خطرها را کاهش و فرصت ها را افزایش دهیم. در این جا دو عامل کلیدی وجود دارد:

۱. تمایل،

۲. تجزیه و تحلیل.

**تمایل:** کودکان اغلب تمایل بیشتری برای اعتماد به دیگران دارند. این تمایل بعدها در اثر تجربه یا تغییر در نگرش ها دگرگون می‌شود.

بارها دیده ایم که مردم آگاهی بیشتری نسبت به افراد و سازمان های درستکار به دست می‌آورند و مایل اند بیشتر به آن ها اعتماد کنند.  یکی‌از ابعاد مهم اعتماد هوشمندانه، تمایل قلبی است. باید به طرف مقابل علاقه مند باشید تا اعتماد خود را گسترش دهید.  ما در واقع رابطه خود را این گونه آغاز می‌کنیم که باور داریم تمام آدم ها صادق و مورد اعتماد هستند.  در مرحله بعد باید آن ها را تجزیه و تحلیل کنیم.  اگر از همان ابتدا با بی اعتمادی شروع کنیم، فرصت ها را از خودمان می گیریم.  روزی یک وکیل نزد من آمد و گفت: "در حرفه ما رسم شده که کارمان را با بی اعتمادی آغاز کنیم و سرانجام متوجه می‌شویم چه فرصت هایی را برای ایجاد یک ارتباط شاد و سالم از دست داده ایم و در نتیجه کارهایمان به نتایج مطلوب نمی‌رسد.

**تجزیه و تحلیل:** اگر قرار باشد فقط بر اساس تمایل و علاقه به کسی اعتماد کنیم آسیب خواهیم دید.  اعتماد هوشمندانه مستلزم این است که هم به دیگران علاقه مند باشیم و هم شایستگی آن ها را بررسی کنیم.  به همین دلیل شرکت های موفق، علاوه بر احترام به مشتری، تدابیری را در نظر می‌گیرند تا افراد ناصادق را شناسایی کنند.  کل سیستم بر مبنای اعتماد اصولی پایه گذاری می‌شود، نه اعتماد کورکورانه.  بر خلاف تمایل که یک ویژگی قلبی و عاطفی است، تجزیه و تحلیل توانایی ذهنی و عقلی ما در ارزیابی و سنجش محیط و افراد پیرامون ماست؛ اما این بررسی هم باید در حد متعادل باشد، زیرا اگر بخواهیم با بدبینی شرایط را ارزیابی کنیم، قضاوت هایمان تحت تأثیر قرار گرفته و مخدوش می‌شوند؛ آن گاه هر دلیل و بهانه ای می‌آوریم تا به دیگران اعتماد نکنیم.  نکته مهم این است که تجزیه و تحلیل امری لازم است، اما کافی نیست و نباید آن را سرلوحه قضاوت هایمان قرار دهیم.  در تجزیه و تحلیل هوشمندانه سه متغیر بسیار مهم

باید در نظر گرفته شود:

- موقعیت ها
- خطرها
- اعتبار و سابقه

**موقعیت ها:** ابتدا باید به روشنی تعیین کنید که چرا می خواهید به طرف مقابل اعتماد کنید.

**خطرها:** زندگی پر از خطراتی است که نمی‌توان از آن ها دوری کرد.  اعتمادکردن و اعتمادنکردن، هر دو خطراتی در پی دارند.  هدف از اعتماد هوشمندانه این است که این خطرها را عاقلانه مدیریت کنید و برای این کار باید مقیاس و نتایج ناشی از آ نها را ارزیابی کنید.

**اعتبار و سابقه:** در این مرحله شخصیت و شایستگی افراد را بررسی می‌کنیم. روزی مادری از فرزندش خواست برای پدرش که مشغول حفر چاه بود مقداری غذا ببرد. وقتی فرزند به لبه چاه رسید،

پدرش فریاد زد: "غذا را بینداز پایین!" و پسر هم همین کار را کرد.

سپس پدر گفت: "هی پسر! این غذا زیاد است. بیا با هم ناهار بخوریم."

پسر گفت: "نمی‌توانم داخل چاه را ببینم. آن جا خیلی تاریک است.

پدر جواب داد: "اما من که می‌توانم تو را ببینم. بپر پایین می گیرمت."

اگر شما به جای آن پسر بودید چه کار می‌کردید؟ در این داستان پسر درون چاه می‌پرد و پدرش او را می‌گیرد و هر دو از خوردن غذا با یکدیگر لذت می برند. در این جا پدر از نظر پسر اعتبار فراوانی داشت و پسر می‌دانست می‌تواند به او اعتماد کند؛ اما اگر کسی که پایین چاه بود مورد اعتماد پسر نبود چه اتفاقی می افتاد؟ اعتماد مسئله ای است که به ایمان شما بستگی دارد. اگر نمی دانید شخص یا سازمان مورد نظر چه سابقه ای داشته و چقدر اعتبار دارد، اعتماد به او برای شما دشوار خواهد بود یا ممکن است تصمیم بگیرید با احتیاط جلو بروید، با این امید که به تدریج اعتماد بین شما تثبیت خواهد شد.

"درسی که در زندگی آموخته ام این است، برای اینکه شخصی را به راستگویی و صداقت تشویق کنید، باید به او اعتماد کنید."

هنری استیمسون

# گفتگو با شیطان

به شیطان گفتم: "لعنت بر شیطان!"

لبخند زد. پرسیدم: "چرا می خندی؟"

پاسخ داد: "از حماقت تو خنده ام می‌گیرد."

پرسیدم: "مگر چه کرده ام؟"

گفت: "مرا لعنت می کنی، در حالی که هیچ بدی در حق تو نکرده ام!"

با تعجب پرسیدم: "پس چرا زمین می خورم؟"

جواب داد: نفس تو مانند اسبی است که آن را رام نکرده ای. نفس تو هنوز وحشی است و تو را زمین می زند."

پرسیدم: " پس تو چه کاره ای؟"

پاسخ داد: "هر وقت سواری آموختی، برای رم دادن اسب تو خواهم آمد؛ فعلاً برو سواری بیاموز؟"

# از دشمن، دوست بسازیم

در تاریخ آمده که والریانوس، امپراتور روم، با سپاهی عظیم در دیار بکر با شاپور اول درگیر شد و در نبردی سهمگین از شاپور شکست خورد و همراه با ده هزار نفر از سپاهیانش اسیر شد. شاپور به والریانوس امان داد و از ارتش و سپاهیانش خواست که به آنان گزندی نرسانند. برخی فرماندهان زمزمه کردند: "چگونه می‌توانیم در برابر حملات و توهین هایشان ساکت بمانیم؟ باید هر چه زودتر آنان را از پای درآورده و برای همیشه از شرّشان خلاص شویم."

اما شاپور که مردی دور اندیش بود به سربازانش دستور داد تا به تحریکات بعضی فرماندهان اعتنا نکنند. شاپور اول به سبب دلیری و شهامتش نامی پرآوازه داشت و می‌گویند همواره دلیرانه می‌جنگید و در عین حال نسبت به دیگران، حتی دشمنانش، احساس احترام و شفقت داشت. او به این حقیقت واقف بود که جنگیدن در زمان مناسب، به مفهوم شهامت و دلیری دوچندان است و می‌دانست که والریانوس معماری ماهر است. به همین دلیل به او پیشنهاد کرد به اتفاق سربازانش در حوالی شوشتر سدی احداث کنند و از این طریق به عمران و آبادانی دشت وسیع این منطقه همت گمارند؛ آنگاه در صورت تمایل به کشورشان باز گردند. پس از آن که والریانوس سد میزان را در حوالی شوشتر ساخت، شاپور به قولش وفا کرد و به او و سربازانش گفت: "می‌توانید به کشورتان بازگردید یا در صورت تمایل در این جا بمانید."

حدود سه هزار نفر از سپاهیان والریانوس که در طول این مدت با محیط ایران اخت و مأنوس شده و با خانواده های ایرانی وصلت کرده بودند، در ایران ماندند و بقیه به کشورشان باز گشتند. شاپور از گروه باقیمانده خواست که چند کیلومتر آن طرف تر یک دژ و پل احداث کنند و به این ترتیب شهر دزفول پایه گذاری شد. امروزه محله رومی ها بخشی از شهر دزفول است و گفته می‌شود بعضی ساکنان آن از نوادگان رومی هایی هستند که در زمان شاپور اول در ایران سکونت یافتند.

**نکته:** متأسفانه در روزگار ما بعضی بازرگانان رقبایشان را عامل عقب ماندگی خود به شمار می‌آورند، در حالی که اگر شیوه رفتار شاپور اول را در پیش گیرند، از رقبایشان بهره های فراوان می برند و انگیزه های مؤثرتری به دست آورده و برای رشد تشکیلاتشان بسیار سودمند خواهند بود. اگر شما نیز بتوانید از چنین چشم اندازی به همه چیز بنگرید آن گاه برای دانش آموزی، تجربه اندوزی و در نهایت، پرورش توانایی های خویش، از انعطاف لازم برخوردار خواهید شد و سرانجام می‌توانید به هوشمندی مورد نیاز برای چیرگی بر رقبایتان دسترسی یابید. دلاوری شاپور برای غلبه بر والریانوس به یقین یک امتیاز و مزیت به شمار می آمد؛ اما درایت و آمادگی او برای استفاده از دانش و مهارت های دشمنش پیروزی بزرگ تری محسوب می‌شد.

# دلیل کار نکردن

رئیس: "چرا کار نمی کنی؟"

کارمند: "آخه ندیدم که شما دارین می یاین."

**نکته:** مهم نیست وقتی هستید چه اتفاقی در سازمانتان رخ می‌دهد، مهم این است وقتی نیستید، شرایط به چه شکلی جریان دارد.

اگر نسبت به کارتان شور و شوق نداشته باشید،

با شور و شوق شما را اخراج خواهند کرد.

وینس لومباردی

# ابتکار عمل داشته باشیم

ژولیوس سزار مدت ها در سر داشت بر ارتش کشوری دیگر چیره شود؛ اما در انجام این کار دچار تردید می‌شد، زیرا از وفاداری ارتش خویش مطمئن نبود. سرانجام طرحی در نظر گرفت که به واسطه آن می‌توانست از وفاداری نیروهایش اطمینان یابد. براساس این طرح سربازانش را سوار قایق های متعدد کرد و همراه با آنان به سوی ساحلی رهسپار شد که دشمن آن جا بود. پس از این که به ساحل رسیدند و نیروها از قایق پیاده شدند تا آماده جنگ شوند، دستور داد تمامی قایق ها را بسوزانند؛ سپس رو به ژنرال خود کرد و گفت: "اکنون یا پیروز شوید یا بمیرید! چاره

دیگری نداریم! این پیغام را به تمامی نیروها منتقل کن و بگذار بدانند یا دشمنان ما باید زنده بمانند و پیروز شوند یا ما."

آنگاه وارد جنگ شدند و در نهایت با عزم و اراده راسخ برای زنده ماندن در سر، پیروز شدند. ژولیس سزار به این علت برنده شد که توانست تصمیم قاطع برای زنده ماندن و پیروزی را در سربازانش شکوفا کند. گرانت گفت: "اگر تمام تابستان نیز طول بکشد، ما به نبرد ادامه خواهیم داد." و او به رغم کمبودهای موجود، بر سر تصمیم خود استوار ماند و د نهایت هم پیروز شد.

**نکته**: ممکن است تمام مردم در یکی از دو گروه و طبقه کلی بدین شرح قرار گیرند: طبقه یا گروه **پیشگامان** و **پیروان** اغلب اوقات پیروان به موفقیتی ارزشمند دست نمی‌یابند و تا زمانی که فراتر از جایگاه کنونی شان نروند و پیشگام نشوند، به موفقیت نخواهند رسید.  بنابر تفکری غلط که بین گروه هایی خاص از جامعه وجود دارد، مردم تاوان دانسته هایشان را می‌دهند. البته این موضوع تا حدی درست است و چه بسا زیان آن بیشتر از سودش باشد. درحقیقت مردم نه فقط تاوان دانست ه هایشان را می‌دهند، بلکه تاوان چیزی را نیز پس می‌دهند که با توجه به دانسته هایشان انجام می‌دهند یا دیگران را به انجام آن وا می‌دارند. بدون ابتکار عمل و صرف نظر از این که فرد چه چیز را ممکن است موفقیت بداند، هیچ کس به موفقیت نخواهد رسید، زیرا به جز امور معمول و روزمره هیچ کاری نخواهد کرد و فقط کارهایی پیش پا افتاده انجام می‌دهد که برای ادامه زندگی اش لازم است؛ کارهایی همچون به دست آوردن خوراک، سرپناه و پوشاک.  این سه نیاز اساسی را شاید بتوان بدون ابتکار عمل و پیشگامی نیز ب ه دست آورد؛ اما در لحظه ای که افراد تصمیم می‌گیرند چیزهایی بیش از ضروریات زندگی کسب کنند، یا باید عادت های مبتنی بر پیشگامی و ابتکار را در خود پرورش دهند یا خود را پشت حصارها و موانع یک دیوار سنگی ببینند.

نخستین گام ضروری در گسترش ابتکار عمل و پیشگامی، در واقع عادت به تصمیم گیری سریع و قطعی است. تمامی افراد موفق از قدرت تصمیم گیری خوبی برخوردارند. افرادی که هنگام تصمیم گیری دو دل اند و راجع به آنچه می خواهند انجام دهند افکاری مبهم در سر دارند و در کل بدون انجام هیچ کاری همچنان سردرگم و حیران می مانند.  اگر به مطالعه و بررسی زندگی افراد ناموفق بپردازید ( در اطراف خود به وفور چنین افرادی را خواهید یافت)، مشاهده می‌کنید که بدون استثنا، همه آنان فاقد قاطعیت در تصمیم گیری هستند ! این موضوع حتی در

پیشامدهای بسیار کم اهمیت نیز خود را آشکار می سازد. چنین افرادی اغلب راجع به اهداف خود خیلی حرف می زنند؛ اما همه چیز در حرف زدن خلاصه می‌شود و به اقدام نمی انجامد؛ اما باید دانست که "دو صد گفته چون نیم کردار نیست" توجه به اَعمال و نه الفاظ، باید همواره سرمشق افرادی قرار گیرد که قصد دارند در زندگی به موفقیت برسند، صرف نظر از این که چه خواسته ای داشته باشند یا چه چیز را هدف اصلی در زندگی خود بدانند.

فقدان تصمیم گیری اغلب به بی خردی و پرداختن به کارهای اشتباه یا بی نتیجه منجر شده است. وقتی فردی به نتیجه ای مشخص ومعین رسیده باشد و خود را آماد ه مواجهه با پیامدهای احتمالی کند، دیگر چیزی بسیار بد یا دردناک نخواهد بود. این حقیقت را به نحویبسیار مؤثر می‌توان در کلام مردی حس کرد که به مرگ محکوم شده بود. وقتی از او پرسیدند از دانستن این که تا نیم ساعت دیگر می میرد و باید با زندگی وداع می‌کند چه احساسی دارد، پاسخ داد: "من هرگز از این بابت ناراحت نیستم و رنج نمی کشم و این ذهنیت را در خود ایجاد کرده‌ام که دیر یا زود باید بمیرم و چند سال بیشتر یا کمتر در نهایت اهمیتی نخواهد داشت، زیرا سال هاست که زندگی ام چیزی جز شکست غمناک، درد و مشکلات نبوده است."

پیشگامان برجسته و موفق به سرعت و همراه با یقین تصمیمات خود را اتخاذ می‌کنند. هر چند نباید فرض کرد که اتخاذ سریع تصمیمات همیشه توصیه می‌شود، اما موقعیت هایی وجود دارند که مستلزم تعمق و تفکر بیشتر هستند و در آن باید به مطالعه حقایق موجود پرداخت. در آن حالت دیگر بهانه و توجیهی برای به تعویق انداختن تصمیم مورد نظر وجود ندارد و فردی که به چنین تأخیرهایی عادت دارد، نمی‌تواند رهبر و پیشگامی مؤثر شود؛ مگر این که این ضعف برطرف شود و وی بر آن غلبه یابد.

# من همان پسرکم!

مردی روحانی هنگام ایراد خطابه اش از معلم مدرسه ای یاد می‌کند که کلاس های درسش را از مکانی زاغه مانند آغاز کرده بود و چنین تعریف می‌کند:

او با خلوص نیت بچه های مستمند را گرد آورده بود و با آن ها از عشق به خدا سخن م یگفت و به زندگی ای زیبا و خواستنی ترغیبشان می‌کرد.

او با مشاهده لباس های کثیف و پاره بچه ها، برایشان لباس نو آورد و از آن ها خواست که یکشنبه ها هنگام حضور در کلاس، لباس ها را بپوشند. هر یک از بچه ها یک دست لباس نو و قشنگ از آموزگار گرفتند.

یکشنبه بعد معلم متوجه می‌شود که یکی از پسرها غایب است. پس از پرس وجو درمی‌یابد که پسرک اهل قماربازی است. معلم در جستجوی پسر روانه می‌شود و چون او را پیدا می‌کند، یک دست لباس دیگر به او م یدهد. پسرک یکی دو هفته پس از آن سر کلاس حاضر می‌شود، اما دوباره غیبش می زند. معلم درمی‌یابد که پسر دوباره لباس هایش را فروخته و با پول آن قمار کرده است. با این همه معلم دوباره نزد پسر می رود، با مهربانی با او گفتگو می‌کند و می‌گوید: "بی خیال آنچه رخ داده؛ این لباس های نو را بگیر و در کلاس های یکشنبه غیبت نکن." این ماجرا سیزده بار تکرار می‌شود. هر بار پسر لباس ها را می فروخت و معلم نیز حوصل هاش سر نم یرفت. عشق معلم چنان بی پایان و بی قید و شرط بود که گفتنی نیست. سرانجام، پسرک متحول می‌شود و راه تازه ای در زندگی اش گشوده می‌شود. عشق معلم پسر را دگرگون می‌کند و از او انسان تازه ای می سازد.

مرد روحانی در پایان خطابه اش چنین گفت: "این داستان به واقع حقیقی است، چون من همان پسرم!"


# مرد کشاورز و الاغ پیر

مرد کشاورزی زنی نق نقو داشت که از صبح تا شب در مورد همه چیز شکایت می‌کرد. تنها زمان آسایش مرد زمانی بود که با قاطر پیرش در مزرعه شخم می زد. یک روز بعد از این که همسرش ناهارش را آورد، قاطر پیر را به زی ر سا یه راند و شروع به خوردن ناهار کرد.

بلافاصله همسر نق نقو مثل همیشه شکایت را آغاز کرد و در همین حال هم ناگهان قاطر پیر با دو پای عقب لگدی به پشت سر زن می زند و او در دم کشته می‌شود. کشیش در مراسم تشییع جنازه متوجه چیز عجیبی می‌شود؛ هر وقت زنی برای عرض تسلیت به مرد کشاورز نزدیک می‌شد، چیزهائی می‌گفت که مرد گوش می داد و به نشانه تصدیق سر خود را بالا و پایین می‌کرد، اما هنگام ی که مردی به او نزدیک می‌شد، بعد از یک دقیقه گوش کردن سر خود را به نشانه مخالفت تکان می داد. کشیش پس از مراسم تدفین از کشاورز قضیه را می‌پرسد.

کشاورز پاسخ می‌دهد: "خب، این زنان چیزهای خوبی در مورد همسرم می گفتند، چقدر خوب بود یا چقدر خوشگل یا خوش لباس بود، بنابراین من هم تصدیق می‌کردم."

کشیش پرسید: "پس، مردها چه می گفتند؟"

کشاورز گفت: "آنها می خواستند بدانند که آیا حاضرم قاطر را بفروشم یا نه؟"

**نکته:** دوست داشتن و عشق ورزی یک انتخاب نیست، بلکه نوعی توانایی و قابلیت است و فقط پس از رسیدن به مرزهای بالای اقتدار و بلوغ روانی می‌توان مهرورزی را فلسفه زندگی کرد.

ناز پرورده تنعم نبرد راه به دوست

عاشقی شیوه رندان بلاکش باشد

فردی که به محبوبش می‌گوید: "من تو را خوشبخت می‌کنم."

در حالی که هنوز به بلوغ روانی و رشد درونی نرسیده، مانند آدم فقیری است که یک پاپاسی در جیب ندارد اما قول ثروتمندکردن دیگری را می‌دهد.

گاه احساس خواستن و اشتیاق زیاد نسبت به دیگری (شیفتگی) به خاطر کمبود و نداری است.

گاه کسی که با تمام وجود در زندگی به سوی شما می شتابد و می خواهد با شما باشد، در واقع غریقی است که به دنبال ناجی می‌گردد.  او درست می‌گوید که:

- تو اگر نباشی من می میرم.
- زندگی بی تو بی معناست.
- از همه چیز به خاطر تو گذشتم.

اینها غیرعاشقانه ترین جملات ادبیات عشق هستند!

شاید خیلی ها تشنه شنیدن این جملات باشند و آن را حمل بر دوست داشتن بدانند، اما حقیقت این است در این مواقع شما با یک غریق خودشیفته در ارتباط هستید نه عاشق ناجی! خواستن و ارادت زیاد الزاماً نشانه عشق نیست، بلکه می‌تواند نشانه شیفتگی ناشی از کمبود باشد.

اگر با خواستگاری مواجه هستید که می‌گوید اگر با من ازدواج نکنی (یا دخترتان را به من ندهید) خودکشی می‌کنم یا برای رسیدن به تو حاضرم هر کاری بکنم و از همه چیز و همه کس بگذرم، دلباختهٔ کودک صفت بالغ نمایی است که به دنبال مفر نجات می‌گردد.

# از خود بیرون آی...

میلیون‌ها نفر از مردم در مورد موفقیت و ثروتمندشدن فقط « فکر » می‌کنند و هزاران نفر موفقیت و ثروتمند شدن را تجسم یا تصور می‌کنند. من تقریباً هر روز تمرین تصویر ذهنی می‌کنم، ولی هنوز تا حال حین انجام این تمرین کیسه پولی از بالا روی سرم نیفتاده است!

حدس می زنم من از آن دسته آدم های بدشانسی هستم که برای موفق شدن باید کاری انجام دهند. تجسم ها یا تصورات ابزارهای جالبی هستند، اما تا آنجا که می‌توانم به شما بگویم، هیچ کدام از آنها سرخود موفقیت را به دنیای حقیقی شما نخواهند آورد.

در دنیای واقعی باید دست به« اقدام » بزنیم. چرا اقدام آنقدر مهم است؟ اجازه بدهید فرایند تجلی خواسته ها را بررسی کنیم : **افکار باعث بروز احساسات، احساسات باعث بروز اعمال و اعمال باعث بروز نتایج می‌شوند.**

به افکار و احساسات خود نگاه کنید.  آیا آنها بخشی از **دنیای درونی** هستند یا **دنیای بیرونی؟** دنیای درونی. حال به نتایج نگاه کنیم.

آیا آنها از دنیای درونی هستند یا دنیای بیرونی؟ دنیای بیرونی.  یعنی این که:

اقدام و عمل« پلی » است

بین دنیای درون و دنیای بیرون

پس، اگر اقدام کردن این همه مهم است، چه عاملی مانع می‌شود که از دست زدن به اقداماتی که می‌دانیم به آنها نیازمندیم، خودداری کنیم؟ **ترس.**

ترس، شک و اضطراب بزرگ ترین موانع نه تنها بر سر راه موفقیت، بلکه بر سر راه شادی و نشاط هستند. بنابراین، یکی از بزرگ ترین اختلافات بین انسان‌های موفق و انسان‌های ناموفق این است که انسان‌های موفق علی رغم ترسی که دارند تمایل به عمل نیز دارند. اما انسان‌های ناموفق به ترس اجازه می‌دهند که آنها را متوقف کند.

سوزان جفرز در این مورد کتاب جالبی با عنوان ترس را تجربه کنید و در هر صورت آن را انجام دهید نوشته است. بزرگ ترین اشتباه بسیاری از مردم این است که قبل از آنکه بخواهند دست به اقدامی بزنند منتظر احساس ترس می مانند، و آن را کاهش نداده یا برطرف نمی‌کنند. چنین آدم هایی معمولاً برای همیشه منتظر می مانند.

واجب است درک شود که **لازم نیست به منظور نیل به موفقیت سعی کنیم از دست ترس خلاص شویم.** انسان‌های موفق هم ترس، تردید و نگرانی دارند، اما اجازه نمی‌دهند این احساسات آن ها را متوقف کنند.  ناموفق ها ترس، تردید و نگرانی دارند، اما اجازه می‌دهند که این احساسات آنها را متوقف کنند.

چون ما ساخته عادتهایمان هستیم نیاز داریم علی رغم وجود ترس، شک، نگرانی، تردید، عدم اطمینان، ناراحتی و حتی هنگامی که خُلق ما برای عمل کردن جور نیست، دست به اقدام بزنیم.

موفق شدن همیشه راحت نیست و همیشه هم آسان نیست. در حقیقت موفق شدن می‌تواند نسبتاً سخت باشد. فرزانه ای فهیم می‌گوید:

اگر شما فقط بخواهید آنچه را که آسان است انجام دهید، زندگی سخت خواهد شد؛ اما اگر بخواهید کاری را که سخت است انجام دهید، زندگی آسان خواهد شد.

انسان‌های موفق اعمال خود را بر اساس آنچه که آسان و راحت است قرار نمی‌دهند؛ این نوع زندگی کردن مربوط به ناموفق هاست. حال که در مورد راحتی صحبت کردیم، چطور است راجع به ناراحتی هم چیزهائی بگوییم؟ چرا دست به اقدام زدن علی رغم ناراحت بودن اینقدر مهم است ؟ چون «راحت» جایی است که الان در آن قرار دارید. **اگر می‌خواهید به سمت جدیدی در زندگی خود حرکت کنید، باید ناحیه راحتی خود را بشکنید و مواردی را تمرین کنید که راحت نیستید.** اجازه دهید فرض کنیم که شما در حال حاضر در سطح پنجم زندگی هستید و می خواهید به سطح دهم زندگی بروید. سطح پنجم و زیر آن منطقهٔ راحتی شما هستند، اما سطح ششم و بالاتر خارج از حدوده بوده و در منطقهٔ ناراحتی شما قرار دارند؛ **یعنی برای رفتن از سطح پنجم به سطح دهم در زندگی، باید از درون منطقه ناراحتی عبور کنید.** ناموفق‌ها نمی‌خواهند ناراحت باشند. به یاد داشته باشید که راحت بودن بزرگ ترین اولویت در زندگی آنهاست. اما اجازه بدهید رازی را که فقط انسان‌های موفق از آن باخبرند، به شما بگویم: به راحت بودن بیش از اندازه بها داده شده است. راحت بودن ممکن است به شما احساس گرمی، نرمی و امنیت بدهد، اما به شما اجازه رشد نمی‌دهد. برای رشدکردن به منزله یک انسان باید منطقه راحتی خود را وسعت از منطقه راحتی خودتان باشید. اجازه بدهید سؤالی از شما بپرسم: «خارج» دهید. زمانی که واقعاً می‌توانید رشد کنید وقتی است که اولین دفعه که مورد تازه ای را امتحان کردید، راحت بود یا سخت؟ معمولاً سخت، اما بعد از آن چه شد ؟ هر چه بیشتر آن کار را انجام دادید، راحت تر شد؛ درست است؟ این هم همین است. هر کاری در آغازش سخت است، اما اگر به آن بچسبید و ادامه دهید، در نهایت از منطقه سختی عبور کرده و موفق می‌شوید و بعد از آن یک منطقه راحتی جدید و بزرگ شده ای دارید که معنای آن این است: شما شخص بزرگ‌تری شده‌اید. تکرار می‌کنم: **وقتی در سختی قرار دارید، زمانی است که در حال رشد هستید.** از حالا به بعد هر وقت احساس سختی و ناراحتی کردید به جای عقب نشینی کردن و برگشتن به منطقه راحت و قدیمی خود، با کف دست به پشت خود زده و بگویید:

من باید رشد کنم! و حرکت به جلو را ادامه دهید.

اگر می خواهید موفق شوید آیا با قرارگرفتن در سختی ترجیح می دهید به راحتی برسید؟ آگاهانه با رفتن به منطقه ناراحتی خود را امتحان کرده و آنچه که شما را می ترساند انجام دهید. در اینجا معادله ای را که از شما می‌خواهم برای بقیه عمرتان به خاطر داشته باشید،

تقدیمتان می‌کنم:

منطقه موفقیت = منطقه راحتی

یعنی این که منطقهٔ راحت شما برابر است با منطقهٔ موفقیت. با گسترش منطقه راحتی خود اندازه موفقیت ها و منطقه موفقیت خود را افزایش خواهید داد. هر چه بیشتر راحت باشید تمایل دارید ریسک های کمتری را قبول کنید و فرصت های کمتری را برای مزیت های آنها خواهید پذیرفت. افراد کمتری را ملاقات کرده و روش های تازه کمتری را امتحان خواهید کرد. هر چه اولویتی را که در نظر دارید راحت تر باشد، به خاطر وجود ترس جمع و جورتر می‌شوید. برعکس وقتی مایلید خود را بسط و گسترش دهید، منطقه فرصت خود را گسترش می دهید، و این به شما اجازه جذب و نگهداری ثروت و درآمد بیشتر را می‌دهد.

وقتی شما ظرف (یا منطقه راحت) بزرگی داشته باشید، کائنات به سرعت آن را پر خواهد کرد. انسان‌های موفق منطقه راحت بزرگ دارند و دائم این منطقه را گسترش می‌دهند تا موفقیت های بیشتری به دست آورده و در خود نگه دارند.

هیچ کس تاکنون از سختی نمرده است، تازه زندگی در شرایط راحت از هر مورد دیگر بیشتر باعث مرگ بسیاری از ایده ها، فرصت ها، اقدامات و رشد ها شده است. راحتی می‌کُشد! اگر هدف شما در زندگی راحت بودن است یک مورد را برای شما حتمی می‌دانم: این که هرگز موفق نخواهید شد. از یک زندگی میانه حال که همیشه سرگردان این هستید که چه می‌توانید انجام دهید موفقیت بیرون نمی‌آید. با موفقیت به منزله نتیجه قرار داشتن در حالت طبیعی رشد و زندگی کردن، حداکثر ظرفیت حاصل می‌شود. این را امتحان کنید: دفعهٔ بعد که شما احساس ناراحتی، تردید یا ترس می‌کنید، به جای شانه خالی کردن و عقب نشینی برای ایمن شدن، در به جلورفتن اصرار بورزید. به تجربه احساسات ناراحتی توجه کرده و بدانید که آنها فقط احساسات هستند و این قدرت را ندارند که شما را متوقف کنند. اگر با سرسختی و علی رغم وجود سختی و ناراحتی به کار خود ادامه دهید، در نهایت به هدف خود خواهید رسید. حتی اگر احساس های ناراحتی هم کاهش یابند، مسئله سهمی نیست؛ در حقیقت وقتی کمتر شدند آن را علامتی برای

افزایش فعالیت خود بدانید، چون هر چقدر شما راحت باشید، جلو رشد و تعالی خودتان را گرفته اید. برای رشد تا حداکثر ظرفیت، باید همیشه در لبهٔ جعبهٔ حیاتی خود زندگی کنید و چون ما ساخته عادت های خود هستیم، باید «عمل» کنیم.

# پول بیشتر یا جان شیرین؟!

پیرمردی هیزم شکن هر روز برای بریدن درخت به جنگل می رفت. او خسیس و دون مایه بود و از آن جا که به طلا بیش از هر چیز دیگر علاقه داشت، سکه های نقره را با این امید جمع می کرد که روزی به طلا تبدیل شوند. روزی ببری وحشی به او یورش برد و او با تمام قوا کوشید از چنگال ببر بگریزد، اما ببر با یورشی دیگر او را به دندان گرفت. پسر هیزم شکن که شاهد موقعیت خطرناک پدر بود سراسیمه و شتابان به یاری او شتافت و از آن جا که ببر به سبب سنگینی شکارش آهسته راه می رفت پسر هیزم شکن خیلی زود توانست چاقوی خود را بردارد. پدرش آسیب جدی ندیده بود، زیرا ببر پیراهنش را به دندان داشت. وقتی هیزم شکن متوجه شد پسرش قصد دارد چاقو را در شکم ببر فرو کند بانگ برآورد که: "مراقب باش پوست ببر را سوراخ نکنی چون اگر بدون آسیب به پوستش او را بکشی سکه ها ی نقره بیشتری نصیبمان خواهد شد." پسر که به رهنمودهای پدر گوش می داد، به طرف ببر خیز برداشت اما ببر به سرعت و با جهش زودهنگام، پیرمرد را همراه خود برد و دلی از عزا در آورد. . .

**نکته**: در قلمروی زندگی هر چیز قیمتی دارد و برحسب بهایش ارزیابی می‌شود. بر این اساس آنچه رایگان است یا کمتر از قیمتش عرضه می‌شود، اغلب بهایی نامرئی به آن افزوده شده و انتظار همگان را برانگیخته است. افرادی که به این ارزش ها بی توجه اند دیر یا زود با احساساتی پیچیده همچون التزام، رودربایستی، حجب و حیا، خدمات نامطلوب و دیگر عوامل بازدارنده دست به گریبان خواهند بود.

پیروزمندان همواره با اتکا به ارزشمندترین اهرم های خویش یعنی استقلال و قابلیت مانور کامل، بهای هر چیز را پرداخته و خود را ازگزند هر گونه التزام و گرفتاری احتمالی می رهانند. سرعت عمل در پرداخت پول، روشی ساده و سنتی است که به ما گوشزد می‌کند پیش از دریافت هرچیز، بهای آن را تمام و کمال بپردازید.

پیشدستی در پرداخت پول یا اهدای هدیه طرف مقابل را ملزم می‌کند هر چه زودتر احسان و نیکدلی شما را جبران کند. به علاوه، آوازه گشاده دستی تان مردم را نرم و انعطاف پذیر کرده و به شما امکان می‌دهد از کمک آنان در جهت تحقق اهدافتان سود ببرید.

دست و دل بازبودنتان افراد را مجذوب شما می‌کند و به زنجیره دوستان یکدل و صمیمی تان می افزاید. برای چند لحظه به انسان‌ها ی مقتدر و فرزانه در طول تاریخ نظر بیفکنید. هیچ یک از آنان دون مایه و خسیس نبودند، بلکه هنر مردم داری می‌دانستند و بلد بودند چه رابطه ای در پیش گیرند تا دیگران برای آنان از دل و جان کار کنند. سخاوت و گشاده دستی به سادگی افراد را تحت سلطه و نفوذتان در می‌آورد.

مردم اغلب به مجالست و همنشینی با افراد خسیس و دون مایه مشتاق نیستند. به همین دلیل داشتن ویژگی سخاوت در انسان‌های مقتدر مهم است. آنان به این حقیقت واقف‌اند که هزینه کردن پول برای افراد، آنان را نرم و منعطف ساخته و به آسانی بر آنان تأثیر می‌گذارد.

گشاده دستی نه تنها دیگران را جادو می‌کند، بلکه نوعی بهره وری خلاقانه و روشمند از پول است. شما باید در هر محفل و مجلس در چشم برهم زدنی افراد دون مایه را شناسایی کرده و اجازه ندهید طبیعت پست و ضعیفشان بر منشتان تأث یر گذارد. سخاوتمندی یکی از عوامل کلیدی برای کسب اقتدار است. با وجود این، باید سخاوت را با تدبیر و تعقل به کار گرفت و هدفی مشخص برایش پیش بینی کرد. بعضی افراد صرفاً برای این که به دل مردم راه پیدا کنند، بیش از اندازه سخاوت به خرج می‌دهند، غافل از این که هیچ کس فردی را که بی حساب بذل و بخشش می‌کند، بخشنده نمی‌داند و حس ویژه ای نسبت به او ندارد.

# دروغـــگو

یکی بود، یکی نبود. پادشاهی در پاکستان طبعی تنوع طلب داشت و آزادانه احساسش را بیان می‌کرد. او روزی جارچی هایش را بر سر هر کوی و برزن فرستاد تا اطلاعیه اش را به مضمون زیر به گوش مردم برساند: "هر کسی در میان شما عجیب و غریب ترین دروغ را بگوید، سیبی از طلای ناب از دست شاه دریافت خواهد کرد."

مردم از اطراف و اکناف به سوی قصر شاه روانه شدند و از هر طبقه و صنفی در میانشان بود شاهزاده، تاجر، کشاورز، بازاری، روحانی، فقیر، ثروتمند، بلند، کوتاه، چاق، لاغر. دروغگویی در

ارمنستان نبود که نیامده باشد.  هر کدام حکایتشان را برای شاه بازگو کردند اما شاه که هر دروغی را شنیده بود، هیچ یک از آن ها مقبولش نیفتاد. سرانجام از این بازی یکنواخت حوصله اش سر رفت و به دستیارانش دستور داد مسابقه را بدون برنده اعلام کنند.  در این گیر و دار فقیری ژنده پوش که کوزه ای سفالین زیر بغل داشت در برابر شاه ظاهر شد.

اعلیحضرت پرسید:" چه کمکی از دستم بر می‌آید."

فقیر گفت:"اعلیحضرتا! یقین دارم که به یاد دارید جامی طلا به من بدهکارید.  اکنون آمده‌ام آن را مطالبه کنم."

پادشاه فریاد برآورد: "چه دروغگوی بزرگ و تمام عیاری، من دیناری به تو مدیون نیستم."

فقیر گفت: "حال که مرا دروغگوی بزرگ و تمام عیار می خوانید، پس سیب طلای جایزه به من تعلق می‌گیرد."

پادشاه دریافت که مرد فقیر قصد دارد او را فریب دهد.  پس از انجام این کار طفره رفت و گفت: "نه، تو دروغگو نیستی."

مرد فقیر گفت: "حال که به صداقت من ایمان دارید، جام طلایی را که به من بدهکارید پس بدهید."

شاه دریافت که مرد فقیر حق انتخابی برای او نگذاشته و هر وضعیت را انتخاب کند به زیانش تمام می‌شود و چاره ای جز دادن سیب طلا به مرد ژنده پوش ندارد.

**نکته:** عدم تمایل به بررسی انتخاب هایمان ناشی از آن است که تصور می‌کنیم آزادی عمل بیش از اندازه مولد اضطراب است.  عبارت"گزینه های نامحدود" لفظی است که صرفاً برای دلخوشی و تسلی خاطر به افراد ارائه می‌شود و در قلمرو عمل کاربرد ندارد، زیرا عدم محدودیت گزینه ها از کار و زندگی ساقطمان کرده و بر توانایی مان در حق انتخاب تأثیر می‌گذارد.  برعکس، دامنه محدود گزینه ها برایمان آرامش و آسودگی خیال به ارمغان می‌آورد. این ویژگی به افراد باهوش امکان می‌دهد فرد مقابل را زیر نفوذ خود درآورند و او را بر حسب میل و سلیقه اش برانگیزند، زیرا او یکی از دو گزینه را انتخاب کرده و به این نکته توجه ندارد که دست شما را برای اعمال نفوذ باز گذاشته است. بنابراین برای این که طرف مقابل را در جهت نیل به مقصودتان برانگیزید همواره در پیشنهاداتتان چند گزینه را مطرح کنید. بنابر ضرب المثلی معروف: "اگر کاری کنید که پرنده خودش وارد قفس شود، او متأثر از آزادی عمل خود، برایتان به زیبایی "آواز می خواند" به خاطر بسپارید وقتی گاو با شاخ هایش شما را به گوشه ای پرتاب می‌کند، می‌توانید از دستش

فرار کنید؛ اما وقتی با دو شاخش شما را به گونه ای در تنگنا قرار دهد که نه راه پس داشته باشید و نه راه پیش، به هر سو بروید با شاخ های تیزش برخورد خواهید کرد.

# پاداش مهرورزی

روزی مهدی فخارزاده، نماینده ارشد شرکت بیمه مترو پولیتان لایف آمریکا، به دیدن یکی از افراد تحت پوشش بیمه رفت که به عارضه قلبی دچار شده بود و جهت دریافت وجه بیمه، اظهارنامه ای را تسلیم وی کرد. مأموران دیگر بیمه که پیش از فخار زاده به دیدن این مرد آمده بودند، چون امیدی به زنده ماندن و در نتیجه تمدید بیمه نامه او نمی‌دیدند، فرم بیمه را بدون تکمیل به این مرد می دادند و بی درنگ او را ترک می‌کردند. اما مهدی که هدفش خدمت به مردم بود، فرم شرکت متبوع خویش و همچنین فرم های شرکت‌های بیمه دیگر را پر کرد و به مرد بیمار اطمینان داد که بازپرداخت اقساط بیمه اش انجام خواهد شد. وقتی آن مرد خواست بابت پر کردن فرم ها وجهی بپردازد، مهدی از دریافت آن امتناع کرد. چند روز بعد فهرستی از طریق پست به دست مهدی رسید که شامل نام ۲۱ نفر از دوستان و بستگان آن مرد بود که نام، تاریخ تولد و تعداد فرزندان هر یک با دیگر مشخصات در آن ذکر شده بود.  به این ترتیب مهدی با فروش بیمه نامه به این افراد، پاداش مهرورزی و نیک اندیشی خود را گرفت و به میلیون‌ها تومان دست یافت.

نکته: هر اندازه گرایش « بخشش و ایثار » شما نسبت به زندگی بیشتر باشد، تحقق اهدافتان آسانتر می‌شود.  چنانچه همواره اهداف اجتماعی، الهی و انسانی تان را به خود گوشزد کنید، زندگی‌تان در جهت نیکبختی و رفاه و برکت **تغییر جهت خواهد داد.** در چنین شرایطی سدام در صدد بر می‌آیید نیازهای اطرافیانتان را برطرف کنید. فراموش نکنید که عمل بخشش و ایثار همواره به خودتان باز می‌گردد و گام برداشتن در جهت رسالت انسانی‌تان برای شما صلح و آرامش به ارمغان می‌آورد، آن گاه بکوشید این آرامش را با دیگران سهیم شوید.  هر چه بیشتر دستاوردهای خود را با دیگران سهیم شوید، به سبب اصل « کشت و برداشت » بیشتر از جهان می‌ستانید.  پس از آن که بیشتر ستاندید، چون در حال تملک گرایی نیستید و احساس گرسنگی و کمبود نمی‌کنید، به بخشش و بارش بیشتری تمایل می یابید، در نتیجه فرایند دگرگونی واقعی را با موفقیت بیشتری سپری می‌کنید. این درس در هر نوع کار و فعالیتی کاربرد دارد.  برای مثال یک شرکت هواپیمایی، که خدمت و رضایت مسافران را هدف خود قرار می‌دهد، جنانچه

افراد و تشکیلات این شرکت عشق، مهربانی، خدمت و رضایت را سرلوحه رفتارشان قرار دهند، بی گمان کارشان رونق می‌گیرد و سود فراوانی نصیب سهامدارانش خواهد شد. به کس، اگر حس خدمت و صمیمیت در هر سطح از کار نادیده گرفته شود، کل سازمان زیان می بیند. شما مختارید فکر و هشیاری تان را  در هر جهت به کار ببرید؛ اما اگر به مزایا و منافع خویش بیندیشید و بر مبنای این طرز تفکر فعالیت کنید، بی گمان نصیب خود را نابود می سازید و با کمبود و کاستی رو به رو می‌شوید.  اگر یک ماه در مقام بخشش و بارش خدمت کنید، نتایج معجزه آسای آن را به چشم خواهید دید.  برای این که کار و فعالیت خویش را با رسالت انسانی تان همسو و هم جهت کنید، فقط کافی است باورهای درونی تان را تغییر دهید.  ضرورت ندارد که مقام و موقعیت یا محل کارتان را عوض کنید، زیرا اعجاز واقعی در پرتو بخشش و ایثار در هر مکان و موقعیتی دست یافتنی است، و فقط کافی است با بخش والاتر وجودتان تماس بگیرید که همواره با شماست و عنان زندگی خویش را به دستش بسپارید.

# پاسخ پرسش

حکیم خردمندی اغلب به پرسش‌های دیگران پاسخ می داد.  اما مردم اغلب به سراغش می‌رفتند و سؤال بارانش می‌کردند و دربارهٔ همه کارهای خود نظر او را می پرسیدند.

یک روز فکری کرد و تابلویی بیرون خانه اش آویخت که روی آن نوشته بود:

هر سؤال در ازای صد سکه پاسخ داده می‌شود.

تاجر ثروتمندی تصمیم گرفت معامله کند.  پول را به پیرمرد فرزانه داد و گفت: "فکر نمی‌کنید قیمت هر پاسخ را کمی بالا تعیین کرده اید."

پیر خردمند گفت: "چرا، کمی بالاست.  خب، سؤالتان را جواب دادم.  اگر می خواهید بیشتر بدانید، باید صد سکهٔ دیگر بپردازید یا جواب سؤال تان را در خودتان بجویید که بسیار ارزان تر است."

از آن روز به بعد دیگر کسی مزاحمش نشد.

**نکته:** برای پیداکردن پاسخ سؤالات در زندگی دو راه حل وجود دارد، سفر به درون و یافتن اصیل ترین پاسخ‌ها در سرزمین دل، به قول شاعر:

بیرون ز تو نیست هر چه در عالم هست

از خود بطلب هر آنچه خواهی، که تویی

یا نگاه به بیرون و چشم دوختن به دنیای بیرون و انسان‌ها برای رسیدن به پاسخ پرسش ها.
انسان‌های موفق پاسخ تمام سؤال ها را در خود می جویند. زمانی جزو این دسته قرار می گیرید
که نسبت به خود بینش و بصیرت مثبت داشته باشید، زیرا زمانی که انسان خود را کامل و غنی
می‌یابد، به خود می نگرد و منبع و مرجع را خویش قرار می‌دهد. در چنین شرایطی فرد باور
می‌کند که مسئول موفقیت و خوشبختی خود است.

خواجهٔ شیراز با لحنی لطیف می سراید:

سال ها دل طلب جام جم از ما می‌کرد
آنچه خود داشت ز بیگانه تمنا می‌کرد


# پس از ما...

ای آن که پس از ما به جهان می آیی
می دان که جهان پر است از زیبایی
زشت است اگر توأش بپنداری زشت
زیباست اگر تو باز فرمایی
می میری اگر به ره نپویی با عشق
می مانی اگر به عشق می‌پیمایی
ای آن که پس از ما به جهان می‌گذری
می دان که جهان پر است از عشوه گری
گاهی به حقیقت، است گاهی به مجاز
زنهار که عشوه مجازی مخری
ای آنکه پس از ما به جهان می‌تازی
می دان که جهان پر است از طنازی
سرگرم مشو به یاوه در هر بازی
ور نه همه هستی تو خود می‌بازی
ای آن که پس از ما به جهان می‌گردی
دور از تو همیشه خصلت بی دردی
هر لحظه اگر بر تو رود نامردی

زنهار که از مردی خود برگردی

ای آن که پس از ما به جهان بیتابی

می‌کوش که این دو روزه را دریابی

هر لحظه بدان که شعله‌ای در بادی

هر لحظه بدان که زورقی بر آبی

ای آن که پس از ما به جهان خواهی گشت

در راه کویر است گهی، گاه دشت

گاهی به فراز می‌برد، گاهی فرود

گاهی بشوی چو هفت، گاهی چون هشت

ای آن که پس از ما سرِ هستی داری

خود باش، که در خودیِ خود بسیاری

می‌بازی اگر به خود نقابی داری

پیروزی اگر نقاب خود برداری

ای آن که پس از ما به جهان می‌آیی

بگذر ز جهان به شیوه شیدایی

با پای خرد برو، ز بیراهه عشق

پروا مکن از نکوهش و رسوایی

ای آن که پس از ما به جهان می‌کوشی

می‌کوش به راه مستی و مدهوشی

فرقی نکند چه می‌خوری می‌پوشی

اما بنگر چه باد های می نوشی

ای آن که پس از ما به تو مهلت دادند

یک چند تو را فرصت دولت دادند

خدمت ز خلوص پیشه کن کاین ملت

ما را ز سپاس خود خجالت دادند

ای آن که پس از ما به جهان در رنجی

پیوسته در اندیشه چار و پنجی

یک عمر همیشه می‌دوی در پی گنج

یک لحظه به خویش آی، تو خود آن گنجی

ای آن که پس از ما به جهان غم داری

نیکو بنگر تو از چه ماتم داری

غافل شده ای از آنچه داری با خویش

در ماتم آنی که چه ها کم داری

ای آن که پس از ما به جهان سرگرمی

بگذر ز مسیر سخت او با نرمی

از دور جهان عبور کن با آزرم

هر چند که او با تو کند بی شرمی

ای آن که پس از ما به جهان در راهی

هر لحظه جهان پر است از آگاهی

افزونی اگر کمی به او افزایی

مغبون خودی اگر از او می‌کاهی

ای آن که پس از ما به جهان خورشیدی

خرسند از آن که در جهان تابیدی

نیمی ست جهان به آنچه گفتی، دادی

نیمی ست جهان چه ها شنیدی، دیدی

ای آن که پس از ما قلمی تیز کنی

می کوش جهان را طرب انگیز کنی

از جام جهان بنوش تا مست شوی

و ز مستی خود به جام سرریز کنی

مجتبی کاشانی

# آتش خشم

ژانویه سال ۱۸۰۶ ناپلئون پس از جنگ با اسپانیا خشمگین و مضطرب به پاریس بازگشت. خبرچین هایش به او خبر دادند تالیران، وزیر امور خارجه، و فوشه، رئیس پلیسش، علیه او توطئه

کرده‌اند. امپراتور که شوکه شده بود پس از ورود به پایتخت بی درنگ وزرایش را به قصر فرا خواند. وزرا شتابان به حضورش رسیدند. آثار خشم در چهره ناپلئون نمایان بود و تعادل روحی اش را از دست داده بود.

او پس از چندبار طی طول و عرض اتاق از توطئه گرانی که ضد او اقدام می‌کردند، سودجویانی که بهای سهام را در بازار بورس پایین می‌آوردند، نمایندگانی که چوب لای چرخش می گذاشتند و وزرایی که از پشت به او خنجر می زدند، آه و ناله سر داد. خونسردی و بی تفاوتی تالیران که به پیش بخاری تکیه داده بود وضعیت روحی امپراتور را متلاطم تر کرد. سپس ناپلئون در برابر تالیران ایستاد، به چشمان او نگریست و گفت:

"این وزرا از زمانی که به تردید و تزلزل دچار شدند به خیانت روی آوردند."

ناپلئون انتظار داشت وزیرش با شنیدن کلمه خیانت چون صاعقه از جا بپرد؛ اما تالیران متانت خود را از دست نداد و به لبخندی بسنده کرد.

مشاهده زیردستی آرام و موقر در برخوردهایی که امکان داشت او را به چوبه دار بسپارد ناپلئون را بیشتر عصبانی کرد. سپس گامی به سوی تالیران برداشت و گفت: "می‌دانم که وزیرانی خواهان مرگ من هستند."

تالیران با خونسردی کامل به او خیره شد. سرانجام ناپلئون که رگ های پیشانی و گردنش متورم و چشمانش پر از خون شده بود فریاد زنان به تالیران گفت:

"تو یک بزدلی. دین و ایمان نداری. کوهی از پول و ثروت به پایت ریختم. با وجود این برای ضربه زدن به من لحظه ای درنگ نکردی."

سایر وزرا در نهایت ناباوری به یکدیگر نگاه می‌کردند. باورشان نمی‌شد امپراتور بی باک و فاتح بخش عمده اروپا تحت تأثیر این مسئله از کوره در برود و حرکات ارادی و خطرناک از او سر بزند. ناپلئون در حالی که از فرط خشم پایش را به زمین می‌کوفت، گفت:

"تو سزاوار آن هستی که مثل شیشه خُرد شوی و من قدرت این کار را دارم؛ اما تو آنقدر حقیری که حتی این کار به زحمتش هم نمی ارزد. "

پس از آن ناپلئون اتاق را ترک کرد. تالیران برخاست و مثل همیشه لنگ لنگان به آن سوی اتاق رفت. بعد همچنان که ملازمی ردایش را بر شانه اش می انداخت خطاب به سایر وزرا که تصور می‌کردند دیگر او را نخواهند دید گفت: مایه تأسف است که مردی با این عظمت توازن عقلی و تعادل روحی اش را از دست داده و چنین رفتار زشت و ناپسندی از او سر می زند

ناپلئون به رغم عصبانیتش وزیر امور خارجه اش را بازداشت نکرد و فقط به عزل او از مقامش و اخراج از دربار رضایت داد. او اعتقاد داشت طرد، تحقیر و تمسخر تالیران تنبیه و مکافاتی بزرگ است.

اما به این نکته توجه نکرد که این ماجرا به سرعت همه جا بر سر زبان ها می افتد و مردم درمی یابند امپراتور در شداید و دشواری های زندگی به سادگی از کوره در رفته و به یاوه گویی و بدزبانی متوسل می‌شود، در حالی که تالیران با داشتن ظرفیت روحی بالا می‌تواند در تلاطم زندگی به طور کامل آرامش و وقار خود را حفظ کند. به هر حال واکنش خشم آلود ناپلئون چون ابری تیره بر اعتبار و اقتدارش سایه ای سیاه و مرگبار افکند و تصویرش را در ذهن مردم تیره و تار کرد. آنان برای نخستین بار شاهد بودند امپراتور در بحران های زندگی کاسه صبرش لبریز شده و متانتش را از دست داده است. تالیران بعدها این وضعیت را « آغاز یک پایان » تعبیر کرد. این به واقع آغاز یک پایان بود. گرچه جنگ واترلو شش سال بعد از این ماجرا اتفاق افتاد، اما فرمانروایی ناپلئون رو به ضعف و افول بود؛ به ویژه پس از جنگ مصیبت بار با روسیه هیچ تردیدی در این زمینه وجود نداشت. تالیران نخستین کسی بود که چشم انداز حکومت ناپلئون را تیره و تار دید؛ به ویژه پس از جنگ غیرعاقلانه ناپلئون با اسپانیا او یقین پیدا کرد که ناپلئون هرگز نمی‌تواند با موانعی که بر سر راهش قد علم کرده مقابله کند و سرانجام در سال ۱۸۰۸ به این باور رسید که صلح اروپا مستلزم کناره گیری ناپلئون است.

به همین دلیل با همدستی فوشه توطئه کرد تا سقوط ناپلئون را از اریکه قدرت سرعت بخشد، زیرا به سادگی نمی‌توان باور کرد که دو تن از با اراده ترین مردان تاریخ فرانسه از توطئه چینی خود عقب نشینی کرده و از ادامه راه خودداری کنند. احتمالاً آنان کوشیدند با برانگیختن خشم ناپلئون، او را به انجام کارهای ناپسند وادارند و از این طریق هدفشان را مشخص سازند.

در واقع پایان حکومت ناپلئون از همان بعد از ظهری که از کوره در رفت و نزد مردم خوار و خفیف شد آغاز گشت.

**نکته:** هنگام برخورد با موانع و تنگناها آرامشتان را حفظ کنید، زیرا هیجانات منفی نظیر خشم حز تحلیل نیروها، تضعیف قوای جسمانی و رسایش عصبی فرجامی ندارند. برخوردهای خشم آلود شما ممکن است در شماری از اطرافیانتان رعب و وحشت ایجاد کند؛ اما پس از چند روز که وضعیت روحی شان به آرامش می گراید و آفتاب تابان خردورزی جای ابر های سیاه خشم را می‌گیرد دقت افراد به بی ظرفیتی، عصبی بودن و رنجشی که در آنان برانگیخته اید معطوف

می‌شود. به علاوه، هنگامی که تحت تأثیر خشم زمام امور را از دست می دهید، اغلب به اتهام های ناعادلانه و مبالغه آمیزی متوسل شده و به یاوه گویی و بدزبانی و نیش و کنایه روی می‌آورید؛ چندان که اطرافیانتان آرزو می‌کنند آن محفل را ترک کرده و حتی بمیرید.

**اگر آدمی هنگامی که اوضاع بر وفق مرادش نیست و حتی ضد او می نماید، آرامش و وقارش را حفظ کند و سلامت و اشتهایش را از دست ندهد و سرشار از شادمانی و خرسندی باشد، به مقام تسلط بر نفس رسیده است. ناپلئون پس از آگاهی از این که دو تن از مهمترین وزرایش علیه او دسیسه کرده‌اند، حق داشت دلگیر شود؛ اما واکنش خشم آلودش در انظار عمومی به میزان قابل توجهی از اقتدارش کاست و سبب شد ندانسته حکم ناکامی خود را امضا کند.**

پس به خاطر بسپارید وقتی ذهنتان عرصه تاخت و تاز خشم و بدبینی و اندوه می‌شود، در واقع در ضدیت با خود هستید و ناخواسته خود را بازیچه دست دیگران قرار می‌دهید.

اغلب نتیجه کار افراد تندخود و آتشی مزاج مضحک و خنده دار است، زیرا واکنش شان با کاری که آنان را به خشم آورده به هیچ وجه تناسب ندارد. این افراد از کاه کوه می سازند و در توصیف بی عدالتی ها و ناجوانمردی هایی که در حقشان روا شده، مبالغه و گزافه گویی می‌کنند. آن ها نسبت به موارد کوچک و قابل اغماض حساس‌اند و هرگونه انتقاد و خرده گیری را به خود می‌گیرند؛ به گونه ای که مشاهده اعمال و تحلیل افکارشان خنده آور است و مضحک تر این که خشم را نشانه اقتدار فردی به شمار می‌آورند، در صورتی که عکس این استدلال درست است، یعنی بدخلقی اقتدار نیست، بلکه حاکی از درماندگی است.

ممکن است اطرافیانتان به طور موقت تحت تأثیر قهر و خشمتان قرار گیرند، اما بر ارج و احترامی که برایتان قایل‌اند خط بطلان خواهند کشید. به علاوه، هر گونه برخورد تند و خشم آلودتان نمایانگر این نکته است که شما فردی سلطه پذیر و حقیر هستید و با کمی سماجت می‌توان عنان اختیارتان را در دست گرفت. خشم ما را از گزینه های در دسترس محروم می‌کند و دستیابی به موفقیت بدون داشتن گزینه های متعدد ممکن نیست.

اقتدار زمانی در دسترستان قرار می‌گیرد که بر واکنش های هیجانی تان نظارت داشته باشید. به این منظور باید خشم خود را فرو خورده، کینه را سرکوب کنید و حتی با گرمای عشق و محبت خویش حریف را به زانو درآورده و از دشمن دوست بسازید. اگر راهی دیگر در پیش گیرید و واکنشی ناخوشایند نشان دهید، از لحاظ فکری و روحی عقب خواهید ماند.

فراموش نکنید که آب شفاف و آرام است و ماهی ها در حوض به آرامی گردش می‌کنند. اگر آب را به هم بزنید، ماهی ها به جنب و جوش در می‌آیند، آشفته حال در سطح نمایان می‌شوند و آنچه نزدیکشان است گاز می‌گیرند، حتی قلابی را که طعمه از آن آویزان است.

## دوست غنی، دوست فقیر

دو دوست در زمان های دور می زیستند و هر دو از نظر مالی ضعیف بودند. روزگار با هر دوی آنها سر ناسازگاری داشت، تا این که یکی از آنها به دیگری گفت: "بیا از هم جدا شویم، شاید بختمان باز شود و به ثروت برسیم."

دوست دیگر پذیرفت. سالهاگذشت تا این که دوباره با همدیگر ملاقات کردند، با این تفاوت که یکی صاحب باغی بزرگ با میوه های عالی و مزرعه ای زیبا بود، اما دیگری رنجور و بی سرمایه هیچ ترقی مالی در این چند سال نکرده بود.

دوست فقیر گفت: "در این مدت تو خیلی موفق شده ای.  چه کرده ای که به این باغ پر میوه و این مزرعه پربار و ثروت رسیده ای."

دوست غنی گفت: "گاهی در مزرعه ام می نشستم و دعا می خواندم تا رزق و روزی ام زیاد شود و از تنگدستی نجات پیدا کنم."

دوست فقیر گفت: "ای بابا، من هم خیلی دعا کردم و از خدا طلب کردم، اما چیزی نصیبم نشد. حتما سرّ کار تو چیز دیگری است."

دوست غنی با بیانی ژرف به دوست قدیمی اش گفت:

"آری، سرّ دارد، خوب، گوش کن: من هرگاه که برای دعا به زمین نشستم، علف هرزی را نیز از این مزرعه جدا کردم."

## حکایت دو اسب

دو اسب در حال حمل بار بودند. اسب جلویی خوب راه می رفت اما اسب عقبی که تنبل و فرسوده بود به سختی بارش را می کشید.  صاحب اسب ها بار اسب عقبی را روی اسب جلویی گذاشت.

پس از مدتی اسب عقبی خطاب به اسب جلویی گفت: "جان بکن و عرق بریز هر چه بیشتر کار

کنی رنج و مشقت بیشتری متحمل می شوی." وقتی آنان به کاروانسرای میان راه رسیدند، صاحب اسب ها در دل گفت :"وقتی یک اسب به تنهایی همه بارها را می‌برد، چرا باید به هر دو اسب علوفه بدهم. بهتر است همه علوفه را در اختیار اسب بارکش بگذارم و سر اسب بی خاصیت را ببرم. دست کم این گونه پوستش را نگه می دارم." و همین کار را کرد.

لئو تولستوی

**نکته:** اگر مایلید پله های موفقیت را یکی پس از دیگری طی کنید، باید با تأثیرگذاری بر اطرافیانتان آنان را برانگیزید تا راه را برای تحقق اهدافتان هموار سازند. چنانچه این کار را بدون زور و فشار یا آسیب رساندن به آنان انجام دهید، مشتاقانه سر به اطاعت تان می نهند و امکاناتی را که خواستار آن هستید در اختیارتان می‌گذارند. به این ترتیب از توانمندی بی نظیری بهره مند می‌شوید که قابل تعرض و دست اندازی نیست. دستیابی به چنین موقعیتی مستلزم اعتماد پذیری و ایجاد وابستگی است. ارباب یا کارفرمای شما باید به خدمت تان نیاز داشته باشد، کار و فعالیتش بدون حضور شما از تعادل خارج شود و حضورتان بقدری در کار و حرفه اش اثرگذار باشد که از دست دادنتان مسائل فراوانی را دامنگیرش کند. دست کم باید وقت قابل توجهی را به آموزش فردی که جایگزینتان می‌شود اختصاص دهد.

به محض برقراری چنین ارتباطی کلید موفقیت در دست تان است و می‌توانید بر امیال، سلیقه ها و اراده مقام بالادست تأثیر بگذارید. باید از مهارتی بهره مند شوید که شما را از دیگران جدا و متمایز کند. باید آوازه هوش، نبوغ و کارایی تان به گوش دیگر کارفرمایان نیز برسد و آنان را مشتاق همکاری با شما کند. عکس این استدلال نیز مصداق دارد، کارفرمایتان نباید به سادگی بتواند فرد دیگر ی را جایگزینتان کند. حتی اگر خلاق و با استعداد نیستید همواره ظاهری حاکی از مهارت و دانش تخصصی به خود بگیرید تا بالادست تان به این نتیجه برسد که بدون حضورتان رشته کار از دستش خارج خواهد شد. هر چه کارفرمایتان به شما وابسته تر باشد آسیب پذیرتر می‌شود و شما همواره می‌توانید مهارت هایتان را به حالت اضطرار و نیاز درآورید. به این منظور باید موقعیت تان را با موقعیت اربابتان در هم تنیده و یکپارچه کنید. درخت مو زیر خاک به صورت عمیق و گسترده ریشه دوانده و شاخه هایش دور هرچه سر راهش قرار می‌گیرند، از جمله دیوارها، درخت ها، تیرک ها و پنجره ها می پیچد. رهایی از شاخه های نازک مو مستلزم زحمت و سختی فراوان است. پس بهتر است از سر راهشان کنار رفته و اجازه دهیم بالاتر بروند.

# حلـــزون درون

خلیج نپال در جنوب ایتالیا زیستگاه نوعی چتر دریایی به نام « مدوز » و انواع حلزون های دریایی است. چتر دریایی هر از گاه یک بار حلزون های کوچک دریا را قورت می‌دهد و آن‌ها را به مجرای هاضمه اش انتقال می‌دهد.  اما پوسته سخت حلزون از او محافظت می‌کند و مانع هضم آن می‌شود. حلزون به دیواره مجرای هاضمه چتر دریایی می‌چسبد و آرام آرام شروع می‌کند به خوردن چتر دریایی از درون.

زمانی که حلزون به رشد کامل خود می‌رسد دیگر خبری از چتر دریایی نیست، چون حلزون به تدریج آن را از درون خورده است.  اگر این عمل را جرم بدانیم، بایستی اذعان کنیم که این جرم توسط یکی از نزدیکان قربانی یا « خود مقتول » صورت گرفته است!

**نکته:** بعضی از ما همانند چتر دریایی هستیم که حلزون درونمان آرام آرام ما را از درون می خورد.  حلزون درون ما می‌تواند عصبانیت،دلواپسی، افسردگی، خشم، نگرانی، طمع و زیاده خواهی و ... باشد. این حلزون ها آرام آرام در وجود ما رشد می‌کنند و با دندان های خود وجود ما را قطعه قطعه می‌کنند و می جوند.  ما از درون رشد می‌کنیم و از درون نیز به هدر می‌رویم.

# حکایتـــی از هونـــدا

سوئی چیرو هوندا روزی به فکر یادگرفتن شنا افتاد و از آنجا که بیشتر بچه های بزرگ تر مدرسه می‌توانستند شنا کنند از یکی از آن ها خواست به او شنا بیاموزد.  یکی از بچه ها گفت: "این که کاری ندارد، فمط یک مداکا قورت بده، خودبه خود شنا یاد می گیری!" مداکا ماهی کوچک، سیاه و بدمزه ای است که به بچه قورباغه شباهت دارد.  هوندا با ساده لوحی به کنار رودخانه رفت تا کورکورانه به راهنمایی های عجیب و غریب هم مدرسه ای خود عمل کند، از این رو یک مداکا گرفت و قورت داد و آب فراوانی نوشید تا مرگ ماهی کوچولو را آسان کند.  سپس به خیال این، که دیگر غرق نخواهد شد در آب پرید؛ چندین بار دست و پا زد و مقداری آب بلعید و بلاخره متوجه شد معجزه ای در کار نیست.  با خود فکر کرد که احتمالاً آن پسرک چیزی را به او نگفته است یا شاید هم بدن ضعیف و لاغر او اجازه نمی داد تا مانند همسالان خود شنا کند. هوندا آزرده خاطر بود اما تسلیم نشد. او نزد پسرک بازگشت تا علت را جویا شود. پسرک گفت: "من

فکر می‌کنم که دلیلش هیکل تو باشد. اگر یک بار دیگر به کنار رودخانه بروی و یک ماهی بزرگ تر بگیری و قورت بدهی، موفق میشوی!"

سخن پسرک چنان قاطعانه و مطمئن ادا شد که هوندا در آن تردید نکرد. او به کنار رودخانه بازگشت و بار دیگر خود را آزمود، اما این بار هم تلاشش سودی نداشت. هوندا هرگز تسلیم این فکر نشد که نمی‌تواند مانند هم سالان خود شنا کند، لذا شروع به دویدن درکنار رودخانه کرد و هر بار با بلعیدن یک ماهی به درون آب می پرید.  جریان پرقدرت و سریع آب او را دستخوش امواج می‌کرد و هر بارهم احتمال داشت غرق شود. او می‌گوید:

چند سال بعد از آن دانستم که معجزه فقط در نیروی اراده و پشتکار من نهفته است. تصمیم گرفته بودم اگر به قیمت بلعیدن تمام آب های رودخانه هم باشد، شناکردن را بیاموزم!

# باور

مردی مجبور شد شبی را در خانه‌ای روستایی بگذراند که پنجره اتاقش باز نمی‌شد. اما نیمه شب احساس خفقان کرد و در تاریکی به سوی پنجره رفت.  پنجره باز نمی‌شد از این رو با مشت به شیشه پنجره کوبید و هجوم هوای تازه را احساس کرد و سراسر شب راحت خوابید. صبح روز بعد فهمید که شیشه کتابخانه را شکسته است و تمام مدت شب پنجره بسته بوده است. او فقط با فکر اکسیژن (باور )، اکسیژن را به خود رسانده بود!

نکته: باور عمیق شما به واقعیت تبدیل می‌شود.  آنچه را که اکنون می‌بینید باور نمی‌کنید زیرا آن چیزی را که اکنون می بینید پیش‌تر به عنوان یک باور انتخاب کرده اید. پس باید:

**الف:** باورهای محدودکننده‌ای را که مانع موفقیت شما هستند، شناسایی کنید.

**ب:** آن ها را از بین ببرید.

# قدرت تصویرذهنی

سرگرد جیمز نسمت رؤیای پیشرفت در بازی گلف را در سر می پروراند و سرانجام توانست با یک روش منحصربه فرد به این هدف برسد. او تا مدت ها یک بازیکن متوسط بود سپس گلف را کنار گذاشت و طی هفت سال به زمین گلف قدم هم نگذاشت. اما در حقیقت در خلال همین وقفه هفت ساله موفق به ابداع روش منحصربه فرد خود شد، روشی که برای همه ما یک الگو محسوب می‌شود.  پس از این مدت با حضورش در زمین گلف رکورد شگفت انگیزی کسب کرد

و این در حالی بود که وضعیت جسمانی او در طی این هفت سال به طور محسوسی تحلیل رفته بود. به راستی رمز موفقیت او چه بود؟ تصویرسازی ذهنی.

سرگرد نسمت تمام آن هفت سال را در ویتنام در اسارت به سر برده بود. در تمام این سال ها او در قفسی به ابعاد ۱. ۵ در ۱. ۵ متر زندانی بوده، نه هیچ کس را دیده و نه با کسی صحبت کرده و هیچ فعالیت جسمانی نداشته است. او در چند ماه نخست اسارت به جز دعا برای آزادی‌اش هیچ کار دیگری نکرد، اما بعد به این نتیجه رسید که اگر برای مشغول کردن ذهنش راهی پیدا نکند، بی شک دیوانه خواهد شد و احتمال دارد زندگی‌اش را از دست بدهد. پس تصویرسازی ذهنی را فرا گرفت. او در ذهن خود زمین گلف مورد علاقه اش را انتخاب می‌کرد و بازی را آغاز می نمود. هر روز یک بازی کامل هجده مرحله ای را در تخیل خود به پایان می رساند. او همه چیز را با تمام جزئیات به تصویر می کشید. خود را می دید که لباس مخصوص گلف به تن دارد، بوی خوش درخت ها و چمن تازه و آراسته را احساس می‌کرد. شرایط مختلف جوی را برای خود به تصویر می کشید. روزهای بادی بهار، روز های سرد زمستانی و صبح های آفتابی تابستان را تجسم می‌کرد. در صحنه تخیل او تمامی جزئیات از درخت ها گرفته تا آواز پرندگان، سنجاب های گریز پا و احساس نرمی چمن های زیر پا، همه و همه به حقیقتی مطلق تبدیل می‌شدند. او گرفتن چوب گلف را در میان مشت هایش احساس می‌کرد و در حالی که به طور خیالی ضربه می‌زد، همیشه خود را آموزش می داد. حرکت هلالی شکلِ گوی را در آسمان خیالش دنبال می‌کرد و فرودآمدن آن را در محل مورد نظرش تماشا می‌کرد و تمام این رویدادها در ذهن او شکل می گرفت!

در دنیای واقعی او شتابی وجود نداشت. جایی برای رفتن نبود. اما او در ذهن خود راه می افتاد. گویی به راسی در میدان گلف قدم برمی دارد. یک دوره کامل بازی در ذهن او و به اندازه یک بازی واقعی طول می کشید. هیچ چی زی از قلم نمی افتاد؛ هفت روزِ هفته چهار ساعت در روز، هجده مرحله کامل؛ تعجبی ندارد که پس از هفت سال او توانست بیست ضربه از رکورد متوسط خود پیشی بگیرد!

ویلیام جیمز می‌گوید:

هر تصویری را که در فکر خود مجسم می‌کنید

و ایمان را پشتوانه آن را قرار دهید،

شعور باطن شما به آن تجسم و عینیت سی بخشد!

## تحمـــل سرما

نزدیک ده ملا تپه‌ای مرتفع بود که شب‌ها در آنجا باد می‌وزید و فوق‌العاده سرد می‌شد.

دوستان ملا گفتند: "ملا اگر بتوانی یک شب تا صبح بدون آنکه از آتش استفاده کنی در آن تپه بمانی، ما یک سور به تو می‌دهیم وگرنه تو باید یک مهمانی مفصل به همه ما بدهی."

ملا قبول کرد. شبی به آنجا رفت و تا صبح به خود پیچید و سرما را تحمل کرد و صبح که آمد گفت:"من برنده شدم و باید به من سور دهید."

گفتند: "ملا اصلاً از هیچ آتشی استفاده نکردی؟"

ملا گفت: "نه، فقط در یکی از دهات اطراف یک پنجره روشن بود و معلوم بود شمعی در آنجا روشن است."

دوستان گفتند: "همان آتش تو را گرم کرده و بنابراین شرط را باختی و باید مهمانی بدهی."

ملا قبول کرد و گفت: "فلان روز ناهار به منزل ما بیایید."

دوستان یکی یکی آمدند، اما نشانی از ناهار نبود گفتند: "ملا، انگار نهاری در کار نیست؟"

ملا گفت: "چرا ولی هنوز آماده نشده دو سه ساعت دیگه هم گذشت باز ناهار حاضر نبود."

ملا در ادامه گفت: "آب هنوز جوش نیامده که برنج را درونش بریزم."

دوستان به آشپزخانه رفتند تا بفهمند چرا آب به جوش نمی‌آید. دیدند ملا یک دیگ بزرگ به طاق آویزان کرده و دو متر پایین تر یک شمع کوچک زیر دیگ نهاده است. گفتند: "ملا این شمع کوچک نمی‌تواند از فاصله دو متری دیگ به این بزرگی را گرم کند."

ملا گفت: "همان طور که شمع توانست از فاصله چندکیلومتری مرا روی تپه گرم کند شما هم بنشینید تا آب جوش بیاید و غذا آماده شود."


نکته: با همان متری که دیگران را اندازه گیری می‌کنید اندازه گیری می‌شوید.


## آیا ثروتمند هستید؟

مرد فقیری به منزل یک مرد ثروتمند رفت و از او درخواست یک تکه نان کرد.  مرد ثروتمند گفت:

-    "ما نانی در خانه نداریم."

مرد فقیر گفت:

- "پس لطفاً کمی از غذای شب گذشته بدهید."

- "چیزی باقی نمانده، همه آن را خورده ایم."

- " پس حداقل مقداری آب برای نوشیدن بدهید."

- " آب تمام شده است. "

- " آیا ممکن است مقداری پول به من بدهید."

- "من الان هیچ پولی ندارم."

آخر سر فقیر گفت:

- "خُب حالا که چیزی ندارید، می‌توانید با من بیایید تا با هم گدایی کنیم."


نکته: ثروتمندبودن یک انسان ارتباطی با داشته‌های او ندارد، بلکه میزان ثروت او با مقدار دارایی‌هایی که می‌بخشد قابل اندازه‌گیری است. فرزانه ژرفنگر کیم وو چونگ در این‌باره می‌گوید: کسی که ثروت بسیار روی هم انباشته و نمی‌داند چگونه از آنها به سود مردم بهره بگیرد، توانگر نیست، تهیدست است.


# قدرت سؤال

زمانی که تابلوی نقاش معروف رامبراند به موزه ریکس آمستردام برگردانده شد، مدیر موزه کار جالبی کرد. او از بازدیدکنندگان تابلو خواست سؤال‌های خود را در صندوق پیشنهادات موزه بیندازند.

مسئولان موزه پاسخ بیش از صد سؤال مطرح شده را تهیه کرده و به شکل مورد پسند بازدیدکنندگان درآوردند. تعدادی از این سؤال‌ها در مورد مسایلی بود که مدیر موزه به طور معمول تمایل زیادی به گفت‌وگو درباره آن‌ها نداشت. سؤال‌هایی مانند:

ارزش تابلو چقدر است؟ آیا در کشیدن تابلو اشتباهی صورت گرفته است؟ و...

بقیه سؤال ها در مورد مسائلی بود که جنبه تاریخی داشتند:

افراد داخل تابلو چه کسانی هستند؟ رامبراند از چه تکنیک ها و روش هایی در طراحی این تابلو استفاده کرده است؟

مسئولان موزه پرسش‌ها و پاسخ‌ها را روی دیوار نگارخانه طوری نصب کردند که بازدیدکنندگان ناخواسته قبل از مشاهده تابلوی رامبراند، آن‌ها را می‌دیدند.

نتیجه این کار آن بود که مدت زمان مشاهده تابلو به طور متوسط از دو دقیقه به بیست دقیقه افزایش یافت.

بازدیدکنندگان به هنگام مشاهده تابلو به طور مرتب از نگارخانه به اتاق و از اتاق به نگارخانه می‌رفتند و اقدام به خواندن پرسش‌ها وپاسخ‌ها می‌کردند؛ آن‌ها می‌گفتند خواندن پرسش‌ها آن‌ها را مشتاق می‌کرد تا دقیق تر به تابلو نگاه کنند و بیشتر دقت کنند تا جزئیات را به خاطر بسپارند. به عبارت دیگر، پرسش‌ها سبب کنجکاوی بیشتر بازدیدکنندگان می‌شد و آن‌ها مجبور بودند با دیدی وسیع به تابلو نگاه کنند. در واقع پرسش ها مانند آهن ربایی عمل می‌کردند که افکار بازدیدکنندگان را به اندیشه های نو جذب می‌کرد.

نکته: پرسش‌های خوب زندگی خوب به وجود می‌آورند. شرکت های بازرگانی زمانی در کار خود موفق می‌شوند که تصمیم گیرندگانشان پرسش‌های صحیح در زمینه خطوط تولید، بازار یا برنامه ریزی های هدفمند مطرح کنند. روابط شخصی افراد هنگامی شکوفا می‌شود که درباره علت بروز اختلاف و نحوه حمایت از یکدیگر پرسش‌های صحیح مطرح کنند نه این که به راه هایی برای آزردن یکدیگر بیندیشند.  هنگامی جوامع به رفاه می‌رسند که رهبرانشان درباره مهم‌ترین مسائل و نحوه همکاری افراد جامعه برای رسیدن به هدف های مشترک، سؤال های صحیح طرح نمایند. برای بهبودی هر یک از جنبه های زندگی خود می‌توانید سؤال هایی مطرح کنید و به پاسخ‌ها یا راه‌حل‌هایی بیندیشید که شما را به سطح بالاتر موفقیت و لذت برسانند.

اثرات زنجیره‌ای پرسش خارج از حد تصور ما هستند. اگر ناتوانی‌ها و محدودیت‌های خود را زیر سؤال ببرید بسیاری از دیوارها فرو می‌ریزند و موانعی که بر سر راه موفقیت های بازرگانی، روابط شخصی و حتی روابط بین کشورها وجود دارند، از بین می‌روند.

**پیشرفت های بشر، همگی به دنبال طرح پرسش‌های تازه بوده‌اند.**

# قدرت اصول

دو کشتی جنگی مأموریت یافته بودند برای آموزش نظامی به مدت چند روز در هوای طوفانی مانور بدهند. من در کشتی فرماندهی خدمت می‌کردم و با نزدیک شدن شب در پل فرماندهی -

که همان عرشه کشتی است - نگهبانی می‌دادم. هوای مه آلود سبب شده بود دید کمی داشته باشیم، در نتیجه ناخدا نیز در پل فرماندهی ایستاده بود تا همه فعالیت ها را زیر نظر داشته باشد.

پاسی از شب نگذشته بود که دیدبان روی پل فرماندهی گزارش داد:

- "نوری در سمت راست جلوی کشتی به چشم می خورد."

ناخدا فریاد زد

- "آیا نور ثابت است یا به طرف عقب حرکت می‌کند؟"

و این بدین معنی بود که با یک کشتی دیگر هم مسیر هستیم و احتمال دارد با هم برخورد کنیم. دیدبان جواب داد:

- "ثابت است."

ناخدا به مأمور ارسال علائم گفت:

- "به آن کشتی علامت بده که رو در رو هستیم. باید بیست درجه تغییر مسیر بدهید."

جواب این بود:

- "شما باید بیست درجه تغییر مسیر بدهید."

ناخدا گفت:

- "علامت بده من ناخدا هستم و آنها باید بیست درجه تغییر مسیر بدهند."

پاسخ آمد:

- "من هم برج مراقبت هستم و بهتر است شما بیست درجه تغییر مسیر بدهید."

تغییر نگرش و برداشتی که ناخدا تجربه کرد وضعیت را در پرتوی بینشی کاملاً متفاوت قرار داد. در اینجا می‌توانیم واقعیتی را ببینیم که به علت آگاهی محدود او نادیده گرفته شده بود، واقعیتی که فهم آن در زندگی روزانه ما همانقدر حیاتی است که برای ناخدا درهوای مه آلود. اصول موفقیت ما در برج مراقبت در این حکایت هستند. قوانینی طبیعی که نمی‌توان آنها را شکست. همان گونه که سیسیل بیدومیل می‌گوید:

**نمی‌توانیم قانون را بشکنیم. با قانون شکنی فقط خود را می‌شکنیم.**

با این که افراد می‌توانند زندگی و روابط متقابل خود را برداشت‌ها یا نقشه‌هایی تلقی کنند که ناشی از تجربه و شرطی شدن آنهاست، اما آن ها خود منطقه نیستند، فقط « واقعیت ذهنی » و کوششی برای توصیف منطقه هستند. « واقعیت عینی » یا خود منطقه متشکل از اصول « برج مراقبت » است که حاکم بر رشد و خوشبختی انسان است: قوانینی طبیعی که در سراسر تاریخ در نسوج هر جامعه متمدن تنیده و ریشه‌های هر خانواده و نهادی را که دوام آورده و کامیاب شده، تشکیل می‌دهد. میزان دقت نقشه‌های ذهنی ما برای توصیف منطقه، واقعیت آن را تغییر نمی‌دهد.

اصول تعیین کننده خطوط اصلی رفتار آدمی هستند و از ارزش های دائمی و پای دار برخوردار بوده و نقشی اساسی دارند. یکی از راه های درک و واضح بودن آنها این است که به احمقانه بودن تلاش برای زندگی مؤثر بر پایه های متضاد اصول واقف شویم.  تردید دارم بپذیرید بی عدالتی، دروغ، تزلزل، تباهی و پایه های محکمی برای خوشبختی و کامیابی پایدار باشند.


# گذشت داشته باش رفیق!

جان استوارت میل، فیلسوف بزرگ، و توماس کارلایل، نویسنده شهیر، دوستان صمیمی بودند. کارلایل در آن زمان شاهکارش، انقلاب فرانسه، را می‌نوشت. میل از او خواست تا نسخه دست‌نویس آن را ببیند، چون مشتاق بود کار دوست خود را بخواند.  کارلایل با کمال میل دست نویس خود را به دوستش داد و خواهش کرد میل پیشنهادهای اصلاحی اش را بدهد. چند روز بعد میل با چهره ای رنگ پریده و کبود نزد کارلایل آمد.  او میل را به اتاق مطالعه راهنمایی کرد و متوجه شد که می‌لرزد.  به آرامی پرسید:

- " چیه جان؟"

فیلسوف بزرگ من من کنان گفت:

- "درست نمی‌دانم از کجا شروع کنم، خیلی متأسفم.  خدمتکار بی دقت هنگام جاروی خانه نسخه دست نویس تو را دور ریخته است. از ناراحتی رعشه گرفته‌ام، چیزی جز چند تکه پاره از آن باقی نمانده است.  چگونه می‌توانم جبران کنم؟ با تمام وجود عذر می‌خواهم. "

کارلایل که حیرت زده سکوت کرده بود، خود را جمع و جور کرد و به دوستش گفت:

- "بنشین جان، به هر حال این پیشامدی است که رخ داده، به خدا پناه ببر و خود را سرزنش نکن."

میل آهی عمیق کشید و در صندلی راحتی فرو رفت و چنان از حالت پریشانی و آشفتگی رها شد که تا پاسی از شب با دوست خود صحبت می‌کرد. این تنها چیزی بود که می‌توانست او را از این غم و ضربه روحی نجات دهد. سرانجام میل برخاست که برود، کارلایل دست بر شانه او گذاشت و گفت:

- "بیا این طور به قضیه نگاه کنیم؛ استادی از دانشجوی خود خواسته تا مقاله‌ای متوسط را باری دیگر به شیوه ای عالی بنویسد."


کارلایل می‌دانست چگونه با گذشت یک دوستی ارزشمند را حفظ کند! در واقع، هنگامی که میل خانه کارلایل را ترک می‌کرد فوق‌العاده شرمنده بود. با این حال بلند نظری دوستش او را آرام کرده بود. کارلایل به همسرش اعتراف کرده بود که نمی‌توانسته شدت درماندگی خود را از این بدشانسی بیان کند؛ اما نمی‌خواسته دوستش متوجه شود.

**نکته:** گذشت به زندگی ما آرامش و لذت ارمغان می‌دهد. بخشش به کشمکش های شدید روحی پایان داده و به ما می‌آموزد در رویارویی با زندگی تحمل، تفاهم و متانت پیشه کنیم. عفو و گذشت پلی است در زندگی که همه باید از آن عبور کنیم. گذشت عملی ارادی است که باید آگاهانه و بارضایت انجام شود. بخشش برگزیدن نگرشی حاکی از تفاهم و همدردی در مقابل جهان است. گذشت اقدامی لحظه ای نیست، بلکه فرایندی است که ما را به مدارا و پذیرش سوق می‌دهد. بخشش سلسله وقایع اتفاقی نیست، انتخاب روش زندگی است. عفو خویشتن داری، پرهیزکاری و تأدیب نفس است که با بهره گیری از آن بر نفسانیات پست چیره می‌شویم و از همه بالاتر، تلاشی است که برای تجلی بُعد الهی درونی خود انجام می‌دهیم. فرزانه ژرف نگر، جورج مک دونالد، می‌گوید:

**"چه بسا خودداری از بخشش بسیار نکوهیده‌تر از قتل باشد، زیرا دومی ناشی از هیجان لحظه‌ای است، در حالی که اولی انتخابی آگاهانه و در کمال خونسردی و از صمیم قلب است."**

# فیل و آفتاب پرست

روزی فیلی نسبتاً بزرگ در جنگل در حال گشت و گذار بود که با آفتاب پرستی مواجه می‌شود و به او می‌گوید تو چقدر کوچکی و خنده را سر می‌دهد و با همان لحن می‌گوید از سر راهم برو کنار وگرنه له می‌شوی. آفتاب پرست در جواب می‌گوید بله شا ید از تو خیلی کوچک تر باشم اما می‌توانم خیلی سریع تر از تو بدوم. فیل ابتدا خنده سر می‌دهد سپس عصبانی شده و می‌گوید: کوچولو.

آفتاب پرست هم با اعتمادبه نفس کامل پاسخ می‌دهد: اگر می‌خواهی، بیا فردا زورآزمایی کنیم و ببینیم کداممان باسرعت می‌دویم؟

هر چند این پیشنهاد برای فیل خنده دار بود اما پیشنهاد را قبول کرده و برای روز بعد قرار می‌گذارند. آفتاب پرست فور ی دوستانش را جمع کرده و ماجرا را برای آن ها تعریف می‌کند و سفارش می‌کند فردا همه هم شکل و هم رنگ باشند. او علاوه بر آموزش روش‌های مسابقه از آن ها می خواهد هنگام مسابقه در جاهای مختلف مخفی بشوند و منتظر بمانند و وقتی فیل آن‌ها را دید فوری پنهان شوند.

روز مسابقه فیل به محل مسابقه آمد و آفتاب پرست هم آنجا بود. وقتی فیل شروع به دویدن کرد آفتاب پرست بدون این که متوجه شود به پشت و سمت دمش رفته و مخفی می‌شود. فیل با تمام وجود و با تمام سرعت می‌دوید و از این که جلوتر از آفتاب پرست است خوشحال بود؛ اما یک دفعه متوجه آفتاب پرست می‌شود که جلوتر از او در حال دویدن است. شوکه می‌شود و باتعجب بسیار دوباره با سعی و تلاش هر چه تمام تر به دویدن خود ادامه می‌دهد و از او فاصله می‌گیرد و درست در لحظه ای که فکر می‌کند آفتاب پرست را جا گذاشته و بهتر است کمی آرام‌تر برود تا خستگی در کند، با کمال تعجب دوباره متوجه می‌شود که آفتاب پرست جلوتر از او می‌دود؛ اگرچه خسته شده بود ولی دوباره سرعت می‌گیرد و از او جلو می زند. متأسفانه باز درست وقتی که می‌خواهد آرام تر بدود، آفتاب پرست را جلوتر از خود می بیند و با وضعی اسف‌بار ادامه می‌دهد. آفتاب پرست‌هایی که فیل جلوتر از خود می‌دید دوست های آفتاب پرست بودند، ولی فیل متوجه این مسئله نبود. در نهایت، فیل پی می‌برد هر کاری بکند نمی‌تواند از آفتاب پرست جلو بزند.

فیل بالاخره خسته شده و روی زمین دراز می‌کشد و آفتاب پرست اصلی از روی فیل پایین آمده و از او می‌پرسد: "مسابقه چطور گذشت؟" فیل در جواب به شکست خود اعتراف می‌کند.

آفتاب‌پرست‌ها از استعداد تغییر رنگ خود نهایت استفاده را کرده و رقیب قدرتمند خود را شکست دادند. فیل هم که به قدرت و توانایی آفتاب‌پرست‌ها پی برده بود، متوجه شد نه با بزرگی بدن بلکه با بزرگی عقل می‌توان موفق شد.

# ملانصرالدین و الاغ چموش

ملانصرالدین الاغ چموش و ناآرامی داشت. روزی آنقدر وی را اذیت کرد که افسارش را گرفت و به بازار برد تا بفروشدش. در بین راه به هر دوست که می‌رسید شروع به درد دل و شکایت از الاغ می‌کرد و یکی از دوستانش گفت:

- "با این شرایط بعید می‌دانم مشتری برای این الاغ جفتک انداز پیدا شود."

ملا گفت:

- " اگر نتوانم الاغم را بفروشم حداقل مردم خواهند دانست از دست این حیوان وامانده چه می‌کشم!"

**نکته:** قانون جذب می‌گوید باید بر آنچه می‌خواهیم تمرکز کنیم نه آنچه نمی‌خواهیم. ظاهر این دستورالعمل ساده اما عمل به آن مشکل است. چرا؟ چون نمی‌دانیم چه زمانی در حال تمرکز بر آن چیزهایی هستیم که نمی‌خواهیم:

زمانی که در حال شکایت از شرایط آزاردهنده هستیم، در واقع داریم روی آنچه نمی‌خواهیم تمرکز می‌کنیم.

وقتی در حال انتقاد از رفتار نامطلوب کسی هستیم در حقیقت بر آنچه نمی‌خواهیم متمرکز هستیم.

وقتی زبان به شکوه گشوده‌ایم، آنچه را نمی‌خواهیم به کائنات اعلام می‌کنیم.

وقتی در حال درد دل با کسی هستیم، در حال فرستادن ارتعاشات منفی به کائنات هستیم چون داریم ناخواسته هایمان را بر می‌شماریم.

هرگونه شکوه و شکایت و انتقاد، یعنی تمرکز بر آنچه نمی‌خواهیم؛ یعنی جذب ناخواسته ها.

از امروز تصمیم بگیرید هنگام گله و الله‌گذاری سخ خود را بگیرید و از نقش خود در مقام قربانی دست بکشید. این گونه از میزان غرغر و شکایت در گفت‌وگو های روزانه تان در تعامل با دیگران کاسته می‌شود و باعث می‌شود با قرارگرفتن روی موج ارتعاشات مثبت، شرایط آزاردهنده و

نامطلوب از زندگی تان رخت بر بندد. این قانون هستی است؛ تغییر در درون شما دنیای بیرونتان را تغییر می‌دهد.

# خلاق باشیم

ادیسون قدر پول و زمان را خوب می‌دانست. یک بار که اختراعات و ابداعاتِ چیده شده در حیاط اقامتگاه تابستانی خود را به بازدیدکنندگان نشان می داد، یکی از بازدیدکنندگان پرسید:

- " آقای ادیسون، چرا آن درِ چرخانِ مضحک را برنمی‌دارید؟ هر کس که قصد دارد وارد حیاط شود، باید آن را محکم هول بدهد تا بتواند وارد شودا"

ادیسون هم با خوش رویی جواب داد:

- "دوست عزیز، هرکس که با هول دادن در چرخان وارد حیاط می‌شود، هفت بشکه آب به مخزن پشت بام تلمبه می‌شود."

**نکته:** خلاقیت یک فرایند ذهنی است که از فردی معین و در یک زمان مشخص دیده می‌شود؛ فرایندی که در نتیجه آن، یک اثر جدید؛ اعم از ایده یا چیزی نو و متفاوت، تولید می‌شود. تولید جدید و متفاوت می‌تواند کلامی یا غیرکلامی و عینی یا ذهنی باشد. در مورد خلاقیت به دو نکته مهم باید توجه داشت:

اول آن که خلاقیت می‌تواند خلق اشکال یا صورت های جدید ایده ها یا تولیدات کهنه باشد. در این صورت اغلب فکرها و ا یده‌های گذشته اساس خلاقیت های تازه هستند.

دوم این که خلاقیت امری انحصاری است و حاصل تلاش فردی و فقط یک موقعیت یا مسئله عمومی نیست؛ از این رو، ممکن است فردی چیزی را خلق کند که پیش‌تر هیچ گونه سابقه ذهنی از آن نداشته حتی اگر آن چیز به صور مشابه یا به طور یکسان پیش تر توسط شخص دیگر و در موقعیتی خاص خلق شده باشد.

خلاقیت مستلزم بهره‌گیری از نوعی خاص از جریان فکری است؛ چیزی که یکی از روان شناسان به نام گیلفورد آن را **تفکر واگرا** نامید؛ تفکری که به گونه ای متفاوت از جریان عام فکری جامعه، در حل مسایل نمود پیدا می‌کند.

به عبارت دیگر، فرد خلاق تمایل دارد مسایل مختلف را به روش های متفاوت حل کند؛ هر چند در ظاهر فقط یک راه حل برای آن وجود دارد.

با توجه به روشن شدن تعریف خلاقیت، به پاسخ این پرسش می‌پردازیم که چگونه می‌توان خلاقیت را توسعه و گسترش داد؛ ولی قبل از آن باید گفت که خلاقیت امری توسعه پذیر است و همه افراد از توانایی بالقوه خلاقیت برخوردارند. برای توسعه خلاقیت به امور زیر توجه کنید: از آنجا که خلاقیت امری فردی و شخصی است و هر کس متناسب با توانایی‌های فردی و منحصر به فرد می‌تواند به توسعه و گسترش آن اقدام نماید، جهت تقویت این امر باید به سراغ توانایی های فردی و منحصربه فرد رفت و به ارزیابی آن پرداخت.

میزان حساسیت در درک مسائل نقش مهمی در خلاقیت دارد؛ بنابر این، با افزایش و گسترش دقت و حساسیت در درک مسائل می‌توان به توسعه خلاقیت فردی کمک کرد. بدون شک آزمایش، تجربه و کنکاش با خلاقیت رابطه مستقیم دارند؛ پس برای رشد آن باید از طریق افزایش تجربه، پژوهش و انجام آزمایش های بیشتر و متنوع اقدام کرد.

اندیشه تخیلی یکی از راه های مؤثر در برانگیختن قدرت خلاقیت محسوب می‌شود؛ زیرا تخیل نوعی تفکر آزاد است که ضمن آن ذهن فرد متوجه حل یک مسئله واقعی، به گونه‌ای که در عالم خارج وجود دارد، نمی‌شود؛ بلکه در تخیل فرد خارج از قیود و هنجارهای موجود آزادانه آنچه را که تمایل دارد، در ذهن خود تصور می‌کند. در چنین شرایطی فرد هرگز خود را محدود و محبوس در حصار واقعیت ها و امور مشهود و ملموس نمی‌کند و آزادانه هر آنچه را که دلش می‌خواهد، تصور می‌کند. یکی از روان شناسان معاصر به نام هرلاک خلاقیت را شکلی از تخیل کنترل شده می داند که به نوعی ابداع و نوآوری منجر می‌شود. از طرف دیگر، یکی از ویژگی‌های مشترک میان افراد خلاق که مورد قبول همه روان شناسان و محققان این رشته است، وجود قدرت تخیل فوق‌العاده در نزد همه کودکان و بزرگسالان خلاق است.

خلاقیت با استقلال فکر و اعتمادبه نفس همراه است؛ از این رو برای رشد و گسترش خلاقیت برخورداری از اعتمادبه نفس ضروری و لازم است. بنابراین، از طریق رشد و تقویت اعتمادبه نفس و بهره گرفتن از روش‌های متداول و مورد توصیه روان شناسان می‌توان به توسعه و رشد خلاقیت فردی پرداخت.

خلاقیت از طریق بیان احساسات و برداشت های شخصی غنی تر و عمیق تر می گردد؛ پس می‌توان با صحبت کردن درباره تجربه‌ها و تجزیه و تحلیل های شخصی و در میان گذاشتن نقطه نظرات خود با دیگران، به خصوص صاحب نظران و افراد باتجربه، زمینه گسترش و توسعه خلاقیت را فراهم کرد. در بسیاری موارد بیان، توصیف و گزارش تجربه شخصی به درک رابطه پدیده‌ها سبب شده و رابطه منطقی آن‌ها کشف می‌شود و همین امر به نوآوری ختم می‌شود.

# موفقیت بهتر است یا ثروت؟

دو نفر عین هم بودند. از دوقلوها هم شبیه‌تر، اما همدیگر را نمی‌شناختند. یکی صاحب چند فروشگاه زنجیره‌ای بزرگ طراحی و فروش لباس در سراسر دنیا بود و آن دیگری صاحب یک تعمیرگاه بی رونق در گوشه‌های دورافتاده از شهر. آن دو نفر برحسب اتفاق با هم روبه رو شدند. آن ها بر اثر حادثه‌ای زیر آوار ماندند و هر دو حافظه خود را از دست دادند و امدادگران آن ها را با هم اشتباه گرفتند. فقیرتر را صاحب چندین فروشگاه بزرگ تلقی کرده و به دفتر کارش بردند و دیگری را که در حقیقت همان ثروتمند بود، تعمیر کار فقیر دانسته و به دوستان تعمیرگاهی‌اش سپردند. بعد از یک سال می دانید چه اتفاقی افتاد؟

آن دو نفر هنوز هم حافظه خود را به دست نیاورده بودند و در واقع تا آخر عمر هم نمی‌توانستند گذشته خود را به یاد آورند اما او که ذهنی بی برنامه و نامرتب داشت با وجودی که صاحب ثروتی عظیم شده بود، در عرض کمتر از یک سال با بی‌نظمی و بی فکری همه دارو ندارش را از دست داد و صاحب فروشگاه کوچکی در حومه شهر شد و آن ثروتمندی که فقیر شده بود در عرض یک سال همان تعمیرگاه ضعیف حومه شهر را به بزرگ ترین مجموعه تعمیر و تنظیم خودرو در سراسر کشور تبدیل کرد و تصمیم داشت یک مجموعه زنجیره ای از خدمات و پشتیبانی خودرو را برای چندین خودروساز در چندین کشور برپا سازد. آن ها هر دو عین هم بودند، از دوقلوها هم شبیه‌تر، اما تفاوتی در آن دو بود که می‌توانست یکی را از اوج بدبختی به ثروت تضمینی برساند و آن دیگری را از بهترین موقعیت به وضعیت فردی مسکین و درمانده با درآمد کم تنزل دهد. این تفاوت همان تفکر موفقیت است که خیلی ها منکر آن می شو ند و گمان می‌کنند چاره کار آن ها فقط سرمایه اولیه زیاد، حمایت و پشتیبانی بی قید و شرط از سوی دیگران است. متأسفانه هنوز هم کم نیستند کسانی که گمان می‌کنند پول و سرمایه خوشبختی می‌آورد و فکر، نظم و برنامه ریزی بدون پول و ثروت به هیچ جا نمی‌رسد. هنوز کم نیستند پدر و مادرهایی که مغرور از ثروتی که برای فرزند خود به ارث می‌گذارند، به او اجازه می‌دهند بی بندوبار، راحت و بی مسئولیت زندگی کند و در آن غوطه ور شود. آن ها هیچ نمی دانند که اگر یک ذهن یک انسان منظم و مرتب نباشد، حتی تمام ثروت دنیا هم نمی‌تواند او را خوشبخت کند. باید روش ها و مهارت های علم موفقیت را باور کنیم و آن ها را با جدیت به فرزندان خود بیاموزیم. فقط در این صورت است که می‌توان از آینده آن ها مطمئن بود و با خیال راحت آن ها را وارد اجتماع کرد و

به موفقیت تضمینی شان در هر شرایطی اطمینان داشت.  ثروت و پشتیبانی اولیه، فقط راحتی و زیبایی ماشین خوشبختی را افز ایش می‌دهد.

استارت و سرعت این ماشین با چیز دیگری است و آن همان علم موفقیت است.

# هرکسی آن دِرود عاقبت کار که کِشت

سمور آبی هراسان به حضور شاه رسید و با صدا بلند گفت:

- "ای پادشاه عادل که صلح و آرامش را در میان ما موجودات برقرار کرده ای، بدان و آگاه باش که هنوز خبری از صلح و آرامش در میان ما حیوانات نیست."

پادشاه می‌پرسد:

- "چه کسی صلح و آرامش را بر هم زده است؟"

سمور می‌گوید:

- "راسو، قربان.  من بچه هایم را پیش راسو گذاشتم و داخل آب شیرجه رفتم تا برای نهار آن ها چند ماهی بگیرم اما وقتی داخل آب بودم او بچه هایم را کشت.  بنده طبق فرموده کتاب دینی که « چشم در مقابل چشم » خواستار قصاص هستم!"

شاه کسی را دنبال راسو می فرستد.  چند لحظه بعد سروکله راسو پیدا می‌شود.  شاه می‌گوید:

- "تو متهم به کشتن بچه های سمور آبی هستی.  چه حرفی برای دفاع از خود داری؟"

راسو گریان می‌گوید:

- "ای پادشاه عادل متأسفانه بنده مسئول کشتن بچه های سمور آبی هستم، اما مرگ آن ها تصادفی بود و من گناهی ندارم چون با شنیدن آژیرِ خطری که دارکوب به صدا درآورد، بی درنگ به سوی لانه خود دویدم تا مواظب آنجا باشم، ولی از بس هول بودم پایم را تصادفی روی بچه‌های سمور گذاشتم و له شان کردم."

شاه دارکوب را احضار می‌کند و می‌پرسد:

- "آیا درست است که تو آژیر خطر را به صدا درآوردی؟"

دارکوب پاسخ می‌دهد:

- "بله قربان، درست است.  اما موقعی این کار را کردم که متوجه شدم عقرب مشغول تیزکردن نیشش است."

موقعی که عقرب را به حضور شاه آوردند، شاه از او پرسید:

- "چرا در حال تیزکردن نیش خود بودی، می‌دانی که تیزکردن نیش تو به معنای اعلان جنگ است."

عقرب می‌گوید:

- "بله قربان، حق با شماست. اما بنده به این دلیل نیشم را تیز می‌کردم که متوجه شدم لاک پشت مشغول برق انداختن لاکش است."

لاک پشت در دفاع از خود می‌گوید:

- بنده اگر نمی دیدم خرچنگ در حال آماده کردن چنگال های خود است، هرگز این کار را نمی‌کردم."

خرچنگ اظهار می‌کند:

- "بنده متوجه شدم که خرچنگ دریایی چنگال هایش را در هوا تکان می داد."

خرچنگ دریایی در حضور شاه می‌گوید:

- "راست می‌گوید قربان! بنده داشتم چنگال هایم را در هوا تکان می دادم، اما علتش این بود که سمور آبی توی آب شیرجه رفته بود و به سمت بچه های من شنا می‌کرد تا آن ها را شکار کند."

شاه رو به سمور آبی کرد و گفت:

- "تو گناهکار هستی. خون بچه های تو بر گردن خودت است. هرکس که مرگ بکارد، مرگ هم درو می‌کند."


## ترس

روزی پادشاهی در خارج شهر مشغول گردش بود. به بیماریِ « وبا » برخورد کرده و می‌پرسد:

- "این بار چندهزار نفر را می خواهی به دیار نیستی بفرستی؟"

بیماری وبا جواب می‌دهد:

- " هزار نفر را!"

در زمانی دیگر پادشاه دوباره بیماری « وبا » را ملاقات می‌کند و او را شماتت کرده که چرا عهدشکنی کردی و به جای هزار نفر، چهارهزار نفر را نابود کردی؟ وبا در جواب می‌گوید:

- "نه! همه آن ها را من نکشتم، بلکه سه هزار نفر از ترس من مردند"

پل سوپینی می‌گوید:

*کامیابی حقیقی مساوی با غلبه بر ترس است و ترس سبب عدم کامیابی می‌شود.*

جان هنری نیومن نیز در تکمیل سخن پل سوپینی می‌گوید:

*روزی که ترس و تردید را از خود برانید، میوه شهامت خود را نیز خواهید چید.*

# تقسیم کار

در زمان های بسیار قدیم امپراتوری وجود داشت که به کارهای سرزمین خود رسیدگی می‌کرد. با مشکلات و دشواری های زیادی روبه رو بود و همواره در پی آن بود که از بار سنگین کارهای روزمره اش بکاهد. بنابراین تصمیم گرفت وزیر یا نفر دومی برای خود تعیین کند تا در رتق و فتق امور به او کمک نماید. پس فرد مناسبی را انتخاب کرد و از همان ابتدا به وی گفت:

- "بیا کارها را با هم تقسیم کنیم، تو تنبیه‌ها را انجام بده و من مسئول تشویق‌ها و پاداش‌ها خواهم بود."

وزیر که اولین مسئولیت ها را تحویل می‌گرفت، قبول کرد و هر دو با این خط مشی به استقبال حوادث رفتند. پس از چندی امپراتور دریافت که هر وقت او کاری را از کسی می‌خواهد، آن فرد کار را نیم دار انجام می‌دهد ولی وقتی وزیر خواستار انجام کاری می‌شود، همه با شور، شتاب و سرعت عجیبی به دنبال آن می‌روند. امپراتور در راز این کار درمانده بود و هر چه فکر کرد، راه به جایی نمی یافت.

سرانجام تصمیم گرفت برای کشف این موضوع کار خود را با وزیر عوض کند. به همین سبب او را احضار کرد و گفت:

بیا دوباره با هم تقسیم کار کنیم. مدتی است که تو همه توبیخ ها را انجام داده ای، حالا من این کار را به عهده می‌گیرم و تو عهده دار تشویق ها باش و پاداش بده."

وزیر هم قبول کرد و هر دو کار خود را با هم عوض کردند.

پس از گذشت یک ماه، اوضاع دگرگون شد و همه چیز به هم ریخت.

قضیه از این قرار بود که چون امپراتور اول مسئول تشویق‌ها بود و در این نقش، آدمی مهربان و حسن جو بود، مردم او را دوست می‌داشتند و حالا که شروع به تنبیه و سرزنش این و آن کرده بود، با او چپ افتاده بودند و می‌گفتند:

- " این مرد را چه می شود ؟ چرا این گونه رفتار می‌کند؟"

سرانجام به این نتیجه رسیدند که او دیگر به درد امپراتوری نمی‌خورد و باید کسی دیگر به جایش بنشیند!

چندی بعد مردم امپراتور را عوض کردند و برای جانشینی او به شور و مشورت پرداختند. می‌دانید سرانجام چه کسی را به جای او برگزیدند، آن ها وزیر را به جای او نشاندند! زیرا سلوک امپراتور از حُسن خلق به خشونت و رفتار و منش وزیر از تنبیه به تشویق تبدیل شده بود!

**نکته:** اگر در اداره امور ابتدا با سخت گیری و جدیت آغاز کنیم و سپس روش ملایمت و نرمی را در پیش بگیریم، موفق‌تر خواهیم بود.

# شهامت گذشتن از گردوها

روزی مردی ثروتمند سبدی بزرگ را پر از گردو کرد، آن را پشت اسب گذاشت و وارد بازار دهکده شد، سپس سبد را روی زمین گذاشت و به مردم گفت :"این سبد گردو را هدیه می‌دهم به مردم این دهکده، فقط در صف بایستید و هر کدام یک گردو بردارید. به اندازه همه اهالی در این سبد گردو است و به همه می‌رسد."

مرد ثروتمند این را گفت و رفت. مردم دهکده پشت سر هم در صف ایستادند و یکی یکی از داخل سبد گردو برداشتند. پسربچه باهوشی هم در صف ایستاده بود اما وقتی نوبتش رسید در کنار سبد ایستاد و نوبتش را به نفر بعدی داد. به این ترتیب هر کس یک گردو برمی داشت و پی کار خود می رفت. مردی که خیلی احساس زرنگی می‌کرد با خود گفت:"نوبت من که رسید دو تا گردو برمی دارم و فرار می‌کنم. در نتیجه به این پسر باهوش چیزی نمی‌رسد."

او چنین کرد، دو گردو برداشت و در لابه لای جمعیت گم شد. سرانجام وقتی همه گردوهایشان را گرفتند و رفتند، پسرک با لبخند سبد را از روی زمین برداشت و بر دوش خود گذاشت و گفت:

- "من از همان اول گردو نمی‌خواستم ارزش این سبد بیش از همه گردوهاست.

این را گفت و با خوشحالی راهی منزل خود شد.

**نکته:** متأسفانه خیلی ها دلشان به گردوبازی خوش است و از این غافلند که آنچه گرانبهاست و ارزش بسیار بیشتری دارد، سبدی است که این گردوها در آن جمع شده‌اند. خیلی‌ها قدر خانواده، همسر و فرزند خود را نمی‌دانند و مدام با آن ها کلنجار می روند و از این نکته طلایی غافلند که سبدی که این افراد را به اسم خانواده گرد هم جمع کرده، ارزشی به مراتب بیشتر از لجاجتها و جدلهای افراد خانواده دارد.

بسیاری اوقات در زندگی گردوها آنقدر انسان را به خود سرگرم می‌کنند که فرد متوجه نمی‌شود به سبب لجاجت یا یکدندگی، کله شقی، تعصب و خودخواهی فردی و گروهی در حال از دست دادن سبد نگهدارنده گردوهاست و وقتی سبد از هم می‌پاشد و گردوها روی زمین پخش می‌شوند و هرکدام به سویی می‌روند، تازه می فهمند نقش سبد در این میان چقدر تعیین کننده بوده است.

# قدرت اشتیاق

مریکی، مؤسس شرکت لوازم آرایشی مریکی، موفقیت خود را مدیون توسعه ایمان و اعتماد به نفس در خود و همه کارکنانش می‌داند که اینک سازمان گسترده‌ای بیش از دویست و پنجاه هزار نفر را در سراسر جهان شامل می‌شود. او حرفه فروش را ۲۵ سال قبل آغاز کرد؛ یعنی درست هنگامی که به محصولات داخلی استنلی پیوست. وی اغلب توضیح می داد که در طول سال اول موفق نبود و می‌خواست از فعالیتش دست بکشد؛ اما وقتی در اولین همایش فروش استنلی شرکت کرد، تصمیمش عوض شد. او گزارش داد:

"در آن جا بود که این خانم قد بلند، زیبا، موفق و این ملکه تاجدار را در یک مسابقه گروهی، بهترین دیدم. مصمم شدم سال بعد آن ملکه باشم؛ اما غیرممکن به نظر می‌رسید. به هر حال، تصمیم گرفتم بروم بالا و با رئیس صحبت کنم و به او بگویم، تصمیم دارم در سال اینده ملکه زیبایی شوم. آقای بوریج به من نخندید ولی به چشمانم نگاه کرد و گفت که فکر می‌کند بریده خواهم شد. این چند کلمه مرا تحریک کرد و سال بعد ملکه شدم."

مری کی این را گفت و به آن هم عمل کرد: "اولین گام در نیل به موفقیت این است که ایمان راسخ داشته باشید، زیرا شما بهترین شخصی هستید که سزاوار موفقیت است."

او در مقاله ای چند تمرین را پیشنهاد کرد که به فرد کمک می‌کند تصویری از برتری خویش بسازد و به تدریج فضایی از موفقیت در زندگی خویش ایجاد کند. اینک به توصیه های وی توجه کنید:

خود را موفق مجسم کنید: همواره خود را موفق تصور کنید. شخصی را که دوست دارید بشوید، تجسم کنید. هر روز زمانی را تنها باشید و در سکوت بگذرانید. لحظات خود را در کمال راحتی و آرامش به سر ببرید. چشمانتان را ببندید و بر خواسته‌ها و اهداف خویش تمرکز کنید. خود را توانا و با اعتماد به نفس بالا در محیطی جدید ببینید. بر موفقیت گذشته خود تأمل کنید: هر موفقیتی، بزرگ یا کوچک، دلیلی است بر این که شما می‌توانید به موفقیت های بیشتر نایل شوید. هر موفقیتی را تحسین کنید و وقتی اعتماد به نفس خود را از دست می‌دهید، آن را به یاد بیاورید.

اهدافتان معین باشند: مسیری که می خواهید طی کنید باید مشخص باشد و وقتی می خواهید از این اهداف خارج شوید، آگاه باشید و اقدام اصلاحی فوری به عمل آورید.

خودانگاره ای مثبت پیدا کنید: تصورات شما، واکنش هایتان به زندگی و تصمیمات تان به طور کامل در مهارتان هستند.


# انتقاد

فروشنده ای به آرایشگاه رفت و ضمن اصلاح سر خود به آرایشگر گفت که به زودی قصد دارد به شهر رُم برود. آرایشگر که اهل شمال ایتالیا بود، گفت:

- "رُم مسلماً شهر شلوغی است، با کدام شرکت هواپیمایی مسافرت می‌کنید؟"

فروشنده اسم شرکت هواپیمایی را گفت و آرایشگر پاسخ داد

- "چه شرکت مزخرفی! صندلی هواپیماهایشان تنگ و فشرده اند، غذایشان بد است و همیشه هم تأخیر دارند. به کدام هتل می روی؟"

فروشنده نام هتل را گفت و آرایشگر با شگفتی پرسید:

- "چرا به آن هتل می روی؟ محل آن هتل خوب نیست و سرویسش فوق‌العاده بد است. بهتر است مسافرت نروی."

فروشنده گفت:

- "اما من باید معامله ای صورت دهم و بعد از آن امیدوارم پاپ را ملاقت کنم."

آرایشگر گفت:

- "کار کردن در ایتالیا نا امیدکننده است و روی ملاقات با پاپ حساب نکن. پاپ فقط
به اشخاص خیلی مهم اجازهٔ ملاقات می‌دهد."

سه هفته پس از مسافرت فروشنده به آرایشگاه بازگشت، آرایشگر پرسید:

- "مسافرت خوش گذشت؟"

فروشنده گفت:

- خیلی خوب بود؛ پرواز عالی، سرویس هتل فوق‌العاده؛ یک معاملهٔ بزرگ هم انجام
دادم."

فروشنده مکث کرد که حرفش جا بیفتد و سپس گفت:

- و پاپ را هم ملاقات کردم."

آرایشگر که تحت تأثیر قرار گرفته بود، پرسید:

- "واقعاً پاپ را دیدی؟ بگو چی شد؟"

فروشنده:

- "خب، به نزدیک او که رسیدم خم شدم و انگشتر او را بوسیدم."

آرایشگر گفت:

- "جدی؟ پاپ چی گفت؟"

فروشنده:" او به سر من نگاه کرد و گفت، پسرم این آرایش مزخرف کار کدام سلمانی است؟"


**نکته:** عکس العمل همه مردم به انتقاد یکسان نیست. بعضی آن را نادیده می‌گیرند، بعضی از خود دفاع می‌کنند و برخی دیگر نیز مانند این فروشنده با پنبه سرِ انتقادکننده را می بُرند و او را سر جایش می نشانند.

جوناس سالک، سازنده واکسن فلج « سالک » به رغم خدمات باورنکردنی که به دانش پزشکی کرده بود منتقدین فراوانی داشت. وی درباره انتقاد می‌گوید:

سرِم اول به تو می‌گویند اشتباه می‌کنی، بعد خواهند گفت که اشتباه نمی‌کنی اما کاری که انجام می‌دهی واقعاً آنقدرها هم مهم نیست، آخر سر هم می‌پذیرند که هم درست فکر می‌کنی و هم کاری که انجام می‌دهی بسیار اهمیت دارد، اما باز هم وانمود می‌کنند که آنها از اول همه چیز را می‌دانستند."

# زود قضاوت نکنیم

خروشچف رهبر شوروی با تقبیح جنایت های استالین (رهبر قبلی شوروی) جهان را شگفت زده کرد. هنگام سخنرانی وی یک نفر از میان جمعیت فریاد برآورد:

رفیق خروشچف وقتی بی گناهان قتل عام می‌شدند، شما کجا بودید؟

خروشچف گفت:" هرکس این را گفت، از جا برخیزد."

اما هیچ کس از جایش تکان نخورد.

خروشچف ادامه داد: "خودتان به سؤالتان پاسخ دادید. در آن زمان من هم همان جایی بودم که الان شما هستید."

**نکته:** اگر خود را جای دیگران نگذاریم، قضاوت کردن دربارۀ آنها بسیار آسان است.


# مدرسه کجاست؟

خانواده‌ای که تازه به شهری اسباب‌کشی کرده بودند صبح روزی دیر از خواب بیدار شدند و در نتیجه دختر هفت ساله شان نتوانست به اتوبوس مدرسه برسد. پدر با این که ترافیک کاری بالایی داشت، گفت اگر دخترش بتواند راه را نشان بدهد، با ماشین او را به مدرسه خواهد رساند. سوار اتومبیل شدند و دختر به راهنمایی پدرش پرداخت و بعد از بیست دقیقه به مدرسه رسیدند اما معلوم شد مدرسه با خانۀ آنها چهار کوچه فاصله دارد. پدر که کمی ناراحت شده بود از دخترش پرسید:

- "چرا وقتی مدرسه ات اینقدر نزدیک است، مرا به راه های مختلف و دور راهنمائی کردی؟"

دخترش جواب داد:

- " این مسیری است که اتوبوس طی می‌کند منهم تنها همین راه را بلد هستم."

**نکته:** اگر می‌خواهید به یک انسان موفق تبدیل شوید باید کارهای مفید و هوشمندانه انجام دهید؛ باید بدانید به کجا می‌خواهید بروید و چگونه می‌خواهید به آنجا برسید. باید تمام راه‌ها را بشناسید و بهترین راه را در زندگی انتخاب کنید.

# درخت آرزو

روزی یک روستایی داشت به تنهایی قدم می‌زد و در رؤیای آینده خود فرو رفته بود. زیر یک درخت ایستاد تا قدری استراحت کند و با خود فکر کرد:"کاشکی ثروتمند بودم"

وقتی به خانه برگشت با شگفتی ملاحظه کرد که در محل خانه به جای یک کلبه یک خانه بزرگ قرار دارد و داخل آن پر از انواع جواهرات است. فوراً فهمید که درخت آرزو را یافته است و به هیچ کس نگفت که ثروتش را از کجا به دست آورده است. همان شب دهکده را ترک کرد و دیگر هرگز در آنجا دیده نشد. اما یک سال بعد با تبری به سراغ آن درخت آمد و ناسزاگویان ضرباتی بر آن وارد کرد.  او در حالی که گریه می‌کرد می‌گفت تو به من نگفتی مورد حسد مردم قرار می‌گیرم و حالا بیچاره شده ام. من دیگر نمی‌توانم به کسی اطمینان کنم و نمی‌دانم که اگر کسی مرا دوست دارد به خاطر خودم است یا ثروتم. من شب و روز نگرانم که همه چیزم را از دست بدهم چون بلد نیستم با این همه پول چکار کنم. او آنقدر به درخت ضربه زد تا خسته شد، اما درخت نیفتاد.

زمانی چند گذشت تا این که یک روز زنی جوان از همان روستا که در جنگل سرگردان بود برای استراحت زیر همان درخت نشست. ناگهان آرزویی به ذهنش رسید:"چقدر خوب بود که من مشهورترین زن دنیا می‌شدم!"

وقتی به خانه رسید گروه کثیری از خبرنگاران با دوربین در آنجا جمع شده بودند. به محض آنکه زن جوان را شناختند با جیغ و فریاد اطراف او را گرفتند. زن از فشار جمعیت از حال رفت. فردا صبح که به هوش آمد دید خبرنگاران با دوربین هایشان هنوز آنجا هستند، دستی برایشان تکان داد و سوار یک ماشین لیموزین شد و دیگر در آن دهکده دیده نشد.  اما سال بعد پنهانی با یک تبر به کنار درخت آرزو آمد و در حالی که دائماً ناسزا می گفت، ضربات حکمی به آن درخت وارد کرد. او می‌گفت: "تو به من نگفتی که دیگر هیچ کس مرا تنها نخواهد گذاشت.  نگفتی من بدون این که مردم به من خیره شده باشند هیچ کجا نمی‌توانم بروم.  به من نگفتی که کوچک‌ترین پریشان احوالی من به صورت یک تراژدی بزرگ در رسانه ها منعکس می‌شود و هر روز صد ها نفر از من درخواست کمک می کنند در حالی که به سحتی زندگی خود را اداره می‌کنم! او ضربه محکمی به درخت آرزو زد، اما درخت نیفتاد.

زمان های بیشتری گذشت تا این که روزی زن جوانی که می‌خواست مادر شود، در جنگل قدم می زد. وقتی به زیر آن درخت رسید داشت در مورد داشتن فرزند خیال پردازی می‌کرد و خوشحال بود، در همین حال اندیشید که من در این دنیا هیچ چیز جز عشق فرزند و شوهرم را نمی‌خواهم. چقدر خوب خواهد بود که آنها همیشه مرا دوست داشته باشند. وقتی به خانه رسید شوهرش با آغوش باز و بوسه از او استقبال کرد؛ چند ماه بعد کودکش متولد شد و از آن لحظه که کودک چشم گشود، عاشقانه به مادرش خیره شد. مدت ها گذشت تا این که مادر دوباره به جنگل بازگشت. زن با لباس های کهنه و پاره پاره و تبری در دست ناسزاگویان و خشمگین به درخت ضربه وارد می‌کرد. او می‌گفت شوهرم مرا آنقدر دوست دارد که حاضر نیست از کنار من دور شود و به سر کار برود و حالا، پولی نداریم. کودکم در تمام لحظات گریه می‌کند، مگر این که من در کنارش باشم. گرچه آنها واقعاً به من عشق می‌ورزند، اما من دیگر آرامش ندارم، من بدبخت ترین زن روی کره زمین هستم. زن آنقدر بر درخت ضربه زد تا خسته شد اما درخت نیفتاد.

مشکل این بود که آرزوی همه آن ها به خارج از وجود آنها مربوط بود و همه را هم آن درخت برآورده کرده بود. هرکدام از آنها تصوری خارج از وجود خود درباره ثروت، شهرت و عشق داشتند. اما تصورات همان چیزی نیستند که روح ما می‌خواهند. آرزو باید از درون باشد در آن صورت برترین فرزانگی و خرد درون تو خواهند بود.

سه نفری که به درخت آرزو دست یافتند، آرزویشان برآورده شد؛ به آنچه می‌خواستند رسیدند و بنابراین زندگی شان تغییر کرد، اما این تغییر فقط در جنبه بیرونی زندگی‌شان رخ داد. آنها فراموش کردند که برای جنبه های درونی زندگی شان هم آرزو کنند. مرد ثروتمند علی رغم میزان دارایی‌اش، از نظر درونی ثروتمند نبود. آن زن مشهور صرف نظر از میزان شهرتش، به لحاظ درونی شهرت نداشت. آن مادر نیز صرف نظر از این که چقدر دوستش داشتند، نمی‌دانست چگونه باید به خودش عشق بورزد.

# حکایتی از آبراهام لینکلن

آبراهام لینکلن پسر یک کفاش بود و رئیس جمهور آمریکا شد. طبعاً همهٔ اشراف زادگان سخت برآشفتند و آزرده و خشمگین شدند و تصادفی نبود که به زودی آبراهام مورد سوء قصد قرار گرفت. آنها نمی‌توانستند تحمل کنند که رئیس جمهور آمریکا پسر یک کفاش باشد.

در اولین روزی که او می‌رفت تا نطق افتتاحیهٔ خود را در مجلس سنای آمریکا ارائه کند، درست موقعی که داشت از جا برمی‌خواست

تا به طرف تریبون برود یک اشراف زاده بلند شد و گفت:

- "آقای لینکلن، هر چند شما بر حسب تصادف پست ریاست جمهوری این کشور را اشغال کرده‌اید، فراموش نکنید که همیشه به همراه پدرتان به منزل ما می‌آمدید تا کفش‌های خانواده ما را تعمیر یا تمیز کنید و در اینجا خیلی از سناتورها کفش‌هایی به پا دارندکه پدر شما آنها را ساخته است، بنابراین هیچگاه اصل خود را فراموش نکنید. "

آن مرد فکر می‌کرد او را تحقیر می‌کند اما نمی‌توان آدمی مثل آبراهام لینکلن را تحقیر کرد؛ فقط می‌توان مردمان کوچک را که از حقارت رنج می‌برند، سرافکنده و خوار کرد؛ انسان‌های فرزانه و فهیم فراتر از تحقیر هستند.

آبراهام لینکلن گفت:

- "من از شما سپاسگزارم که درست پیش از ارائه اولین خطابه ام به مجلس سنا مرا به یاد پدرم انداختید.  پدرم طینتی بسیار زیبا داشت و به سبب خلاقیتش کسی نمی‌توانست کفش‌هایی به زیبائی کفش های او بدوزد. من خوب می‌دانم هر کاری بکنم هرگز نمی‌توانم آنقدر که او کفاشی بزرگ بود، رئیس جمهوری بزرگی باشم، من نمی‌توانم از او پیشی بگیرم. در ضمن می‌خواهم به همهٔ شما اشراف زادگان خاطرنشان کنم، من هم این هنر را از او آموخته‌ام و اگر کفش‌های ساخت پدرم پاهایتان را آزار می‌دهد اگرچه کفاش قابلی نیستم اما دست کم می‌توانم تعمیرشان کنم؛ کافی است به من اطلاع دهید تا خودم شخصاً به منزلتان بیایم."

سکوت سنگینی بر فضای مجلس حکمفرما شد و سناتورها فهمیدند تحقیرکردن این مرد غیرممکن است؛ اما او احترام فوق‌العاده‌ای برای خلاقیت از خود نشان داد.

**نکته:** مهم نیست در زندگی نقاش هستید یا مجسمه ساز، باغبان هستید یا نجار یا معمار هستید یا معلم، هیچ فرقی نمی‌کند، آنچه اهمیت دارد آن است که واقعاً روح شما در گرو آن چیزی است که می‌آفرید.

# خطر نکردن

روزی فردی از کشاورزی پرسید:

- "آیا در این فصل گندم کاشته ای؟"

- کشاورز جواب داد:

- "نه، ترسیدم باران نیاید؟"

مرد پرسید:

- "آیا ذرت کاشته ای؟"

کشاورز گفت:

- "نه، ترسیدم ذرت ها را آفت بزند."

مرد پرسید:

- "پس چه چیز کاشته ای؟"

کشاورز گفت:

- " هیچ چیز، خیالم راحت است!"

**نکته:** برای موفقیت نباید از خطرکردن ترسید. گاهی مردم رفتار عجولانه و غیرمسئولانه را با خطر کردن اشتباه می‌گیرند. خطرکردن امری نسبی است. معنای خطرپذیری از دیدگاه افراد مختلف متفاوت است و این تفاوت ناشی از تجارب و یادگیری های قبلی آن هاست. کوهنوردی چه برای یک کوهنورد ماهر و چه برای یک فرد مبتدی همیشه با خطر همراه است، ولی برای کوهنورد حرفه ای قبول این خطرات حالت مسئولانه دارد. خطرپذیری مسئولانه ریشه در شناخت، تربیت، بررسی دقیق، کفایت و شایستگی دارد که به فرد قدرت ابتکار عمل هنگام مواجهه با خطر را می‌دهند.  شخصی که هیچ کاری نکند، هیچ وقت اشتباه نمی‌کند، اما او باید بداند که بزرگ ترین اشتباه دست به کاری نزدن است.

# مقاومت در برابر تغییر

هیچ کاری مشکل تر از پذیرفتن مسئولیت، پر مخاطره تر از پیشبرد آنچه فرجامش مشخص نیست و سخت تر از اِعمال تغییر نیست. چرا؟

تمام کسانی که در وضعیت قدیم جاافتاده بودند و مشکلی با آن نداشتند، دشمن تغییر می‌شوند. فقط شاید تعداد اندکی مدافعان خونسرد باشند که با تغییر به خوبی کنار می‌آیند. مقاومت در برابر تغییر امری فراگیر است. تمام طبقه ها و تمام فرهنگ ها را در برمی‌گیرد؛ گلوی تمام نسل‌ها را می فشارد و می‌کوشد تمام حرکت‌های رو به جلو و منجر به پیشرفت را متوقف کند. بسیاری از افراد تحصیل کرده پس از مواجهه با واقعیت، میلی به تغییر ذهن خود نداشته اند. به عنوان مثال، قرن‌ها مردم بر این عقیده بودند که حق با ارسطو بوده که می گفته شیء سنگین‌تر زودتر به زمین می‌رسد. از نظر آنان ارسطو بزرگ ترین متفکر تمام اعصار به شمار می آمد و یقیناً اشتباه نکرده بود.  تنها کاری که لازم بود انجام شود این بود که فردی شجاعت به خرج دهد و دو شیء را بر دارد؛ یکی سنگین و دیگری سبک و آن ها را از ارتفاع زیاد بیندازد تا ببیند شیء سنگین تر ابتدا به زمین می‌رسد یا شیء سبک تر؛ اما تقریباً تا دو هزار سال پس از مرگ ارسطو هیچکس پا پیش نگذاشت. سال ۱۵۸۹ گالیله علما را برای فراگیری به پایین برج پیزا دعوت کرد.  سپس با دو وزنه پنج کیلوگرمی و نیم کیلوگرمی به بالای برج رفت.  هر دو هم زمان به زمین رسیدند. اما قدرت باور آنان بقدری زیاد بود که آنچه را که دیده بودند انکار کردند و همچنان می‌گفتند حق با ارسطو بوده است.

گالیله با تلسکوپ خود فرضیه کوپرنیک را ثابت کرد که می‌گفت زمین مرکز کائنات نیست، بلکه زمین و سیارات دیگر به دور خورشید می گردند.  با وجود این وقتی سعی کرد باور مردم را تغییر دهد، او را به زندان انداختند و بقیه عمرش را در خانه حبس بود.

**نکته:** تغییر یعنی سفر در اقیانوس بدون نقشه، و این باعث افزایش حس ناامنی می‌شود. به همین دلیل بسیاری با معضلات قدیمی شان راحت ترند تا با راه حل‌های جدید. یکی از دلایلی که باعث می‌شود خیلی‌ها در برابر تغییر مقاومت کنند، عادات آنهاست. عادات به ما اجازه می‌دهند بدون تفکر اقدام کنیم و به همین دلیل اغلب ما عادات بسیاری داریم. عادات غریزی نیستند، بلکه واکنش های اکتسابی هستند.  آن ها صرفاً رخ نمی‌دهند بلکه ایجاد می‌شوند.  ابتدا ما عادات را شکل می‌دهیم، اما سپس عاداتمان ما را شکل می‌دهند.  تغییر تهدیدی برای الگوهای آشنای ما محسوب می‌شود و ما را به فکر کردن، ارزیابی دوباره و گاهی فراموش کردن رفتارهای گذشته وادار می‌کند.

داستایووسکی می‌گوید:

**"قدم تازه برداشتن"**

این چیزی است که مردم بیشتر از آن می ترسند.

# تغییر کنیم

استادی در یک جنگل زندگی می‌کرد و تعدادی میمون تربیت کرده بود. یک روز صبح شاگردش نزد او آمد و گفت:

-    "اغلب گفته های شما متضاد هستند و فقط باعث گیجی من می‌شوند."

استاد لبخندی زد و به شاگرد خود گفت:

-    " فقط منتظر بمان و ببین چه اتفاقی می‌افتد!"

بعد میمون هایش را نزد خود فراخواند و به آن ها گفت:

-    " گوش کنید، می‌خواهم در لیست غذای شما تغییراتی بدهم."

میمون ها حیران به نظر رسیدند زیرا مدت مدیدی بود که صبح چهار نان و شب سه نان به آن ها داده می‌شد. استاد گفت از حالا سه نان صبح و چهار نان شب به شما داده می‌شود. با شنیدن این تغییر میمون ها از خشم غریدند، بی تابی کردند، باعصبانیت تهدید کردند که علیه این تغییر شورش خواهند کرد و اصرار کردند نظام قدیم ادامه یابد. اما استاد بر کار خود اصرار داشت. به همین علت میمون ها خود را آماده حمله و صدمه زدن به رئیس خود کردند.

استاد دوباره لبخند زد و به آن ها گفت:

-    "یک دقیقه صبر کنید. شما مثل همیشه صبح ها چهار نان خواهید داشت."

این حرف بلافاصله میمون ها را ساکت کرد. آن وقت استاد رو به مهمان خود کرد و گفت

-    "متوجه شدی ؟ میمون ها بعد از تغییر کوچکی که ایجاد کردم باز هم قرار بود در مجموع هفت نان دریافت کنند، اما از قبول سه نان به جای چهار نان در صبح خودداری کردند. آیا اگر چهار نان را صبح می گرفتند یا شب فرقی می‌کرد؟ با این حال آن ها از این که می دانند تغییری ایجاد نشده خوشحال هستند. "

**نکته:** طبیعت از این که باید به طور مداوم و مستمر تغییر کند، هیچ شکایتی ندارد. به عنوان مثال طبیعت هیچ وقت نمی‌گوید: " دیگر از این که سالی چهار بار فصل عوض کنم خسته شده‌ام. بهتر است امسال تابستان، پاییز و زمستان را جا بیندازم و فقط بهار داشته باشم. طبیعت هرگز چنین نمی‌گوید، بلکه مدام در چرخه ای اعجازگونه از تغییرات پی درپی به جلو می‌رود و ادامه

می‌دهد. این در حالی است که بسیاری از ما انسان‌ها در کل واکنشی متفاوت نشان می‌دهیم و از تغییر خوشمان نمی‌آید و در مقابل آن مقاومت می‌کنیم."

بنجامین فرانکلین درباره تغییر می‌گوید:

**اگر به تغییرات پایان دهید،**

**زندگی خود را پایان داد ه اید.**


هنری دیوید تورو هم با نگاهی زیبا می‌گوید:

**هیچ چیز تغییر نمی‌کند**

**این ما هستیم که دگرگون می‌شویم.**


## عادی بودن

منشأ اغلب تحولات فکری و اجتماعی جوامع بشری بازتولید وقایع و رخدادها به شکل غیرعادی، نابهنجار و واگرا بوده، یعنی درست در لحظه ای که نگاه آدمی به اوضاع عادی « غیرعادی » شده است. در این زمان جهانِ خلقت از نو کشف شده و لحظه لحظهٔ آن به رنگ و معنایی دیگر حس شده است:

**آن دلی خواهم که از ذوق نظر**

**هر زمان خواهد جهانی تازه تر**

جهان تازه در نگاهی تازه ناشی از عادی زدایی از جریان عادی زندگی است. اگر بتوان هر چیز عادی را غیر عادی دید و از عادی دیدن وقایع جاری خودداری نمود، می‌توان رگه هایی از خلاقیت و بازآفرینی منحصربه فرد را به نمایش گذاشت. در فرهنگ ایران زمین و در میان عارفان و سالکان اهل یقین، کسانی بودند که در واشکنی ساختار های عادی و درهم ریختن ریخت های یکنواخت زندگی از شهامت و بصیرت والایی برخوردار بوده اند؛ عارفان بزرگی که با نگاه متفاوت خود زندگی را به گونه ای دگر در برابر دیدگان جویندگان حکمت قرار داده اند.

نمونهٔ بارز آن شاهکارهای عارفانی بزرگ چون سنایی، عطار، مولوی و ... است که هر یک در شکستن عادات و قالب های تفکر نقش تعیین کننده ای داشته اند.

در اینجا قصد نداریم از این بزرگان نمونه هایی ذکر شود؛ بلکه برعکس، قرار است از عادیترین داستان ها و حکایت هایی ذکر شوند که در وحلهٔ نخست از بی سروته بودن و ظاهری آن ها به شگفت می آییم، اما وقتی قدری عمیق تر و غیرعادی تر آن ها را می خوانیم، درخواهیم یافت که در همین حکایت های عامیانه و عادی و به ظاهر بی ربط و بی معنی، حکمتهای عمیق و چندهای رازآلود نهفته است. یکی از این موارد، داستانی است که کم و بیش در میان نسل‌های گذشته رواج داشته است و د. ل. لریمو آن را در کتاب فرهنگ مردم کرمان نقل کرده است. داستان مزبور در این کتاب قصهٔ « پسر پادشاه که نفس نداشت » نام دارد:

یه پادشاهی بود سه تا پسر داش داشت؛ دوتاش مرده بودن، یه تاش نفس نداش. سه تا خزونه داش؛ دوتاش خالی بود، یه تاش در نداش. سه تا تیروکمون داش؛ دوتاش شکسته بود، یه تاش زه نداش. سه تام کارد بود؛ دوتاش شکسته بود، یه تاش تیغ نداش. سه تا اسب سر طویله داش؛ دوتاش مرده بود، یه تاش رمق نداش. سه دست زین و برگ داش؛ دوتاش پوسیده بود، یه تاش اثر نداش.

هم پسر پادشاه که نفس نداش رف تو هم خونه که در نداش و همو تیر و کمونه ره که زه نداش با هم کاردی که تیغ نداش، ورداش. رف تو طویله، همو زین و برگی که اثر نداش گذاش رو همو اسبی که رمق نداش، سوار شد رف به شکار. رسید به سه تا آهو؛ دوتاش مرده بود، یه تاش جون نداش. خود همو کاردی که تیغ نداش زد ور همو آهو که جون نداش و خود همو کاردی که تیغ نداش، سرش برید و بست و ور ترک همو اسبی که رمق نداش. رف تا رسید به یه خرابه ای که سه تا اطاق توش بود؛ دوتاش تمبیده بود یه تاش سقف نداش. رف تو همو اطاق که سقف نداش. دید سه تا دیگ گذاشته؛ دوتاش بی دیوار بود یه تاش ته نداش. آهو را گذاشت و همو دیگی که ته نداش. از همو گوشتایی که خبر نداش خورد تا تشنه شد، سوار شد بر همو اسبی که رمقی نداش. رف تا رسید به سه تا جویی که نم نداش. ایقد خورد، خورد که کله ور نداشت.

این قصه به نظر غیرعادی می‌نماید، زیرا هر چند که رنگ عامیانه دارد اما مانند داستان‌های عامیانهٔ دیگر نیست و با کمی دقت خواننده ملاحظه می‌کند که بعید است این داستان از فکر عوام سرچشمه گرفته باشد. در این داستان تناقض منطقی وجود ندارد. در هیچ قسمت آن جمع تناقضات و رفع آنها نشده؛ اما به وضوح دیده می‌شود وقایع آن از لحاظ طبیعی محال است. چگونه ممکن است شخصی بی جان به شکار رود و با کارد بی تیغ گلوی آهویی را ببرد؟ یا چطور می‌توان در دیگی که ته ندارد غذا پخت؟ از این نوع سؤال ها که بگذریم، سؤال های دیگری

هست که مربوط به موجودیت خود داستان است. این داستان چه می خواهد بگوید و چه می‌خواهد با شنونده بکند؟

داستانی که این چنین کوتاه است و چندان سرگرم کننده هم نیست، چرا باید میان مردمی نسل پس از نسل مانده باشد ؟ شاید در پاسخ بگوییم مقصود از این داستان آزاد ساختن ذهن از حدود و قیود طبیعت است.

صائب تبریزی هم در این مورد می‌گوید:

**طالبِ حُسن غریب و معنیِ بیگانه باش!**

# سخن آخر

باشد تا روزی بیشتر از این ها بدانیم و چیزهایی بخوانیم و بنویسیم که پس از خواندن و نوشتن آنها این احساس در ما بیدار شود که **انسان‌تر** شده‌ایم و فراموش مکن که پیروِ دل خود باش. کاری را انجام بده که درست، خوب و حقیقی است؛ حتی اگر دیگران قدردانِ کارِ درست، خوب و حقیقی تو نباشند. زیباتر ساختنِ جهان، منوط به تأیید و قدردانی دیگران نیست.

دربند نتیجه کارِ خود نباش؛ دلِ خود را در کارِ خود بگذار.

اگر مأیوس شوی و از راه بمانی، بسیار، از کارهایی که باید توسط تو به انجام برسند، بر زمین خواهند ماند. انسان وار زیستن مستلزم شجاعت است. هیچ بهانه ای نمی‌تواند تو را از انسان وار زیستن باز دارد. آری، ممکن است آدمها طوری نباشند که تو دوست داری،ممکن است خودخواه و بی عقل باشند؛ مهم نیست. با وجود همه این ها، دوستشان بدار.

ممکن است کارهای خوبِ امروزِ تو فردا فراموش شوند؛ مهم نیست. از انجامِ کارهای خوب شانه خالی نکن. بدون چشمداشت دوست بدار و عمل کن. عشقِ تو، بزرگ ترین پاداشِ توست. عشقِ تو، رنگ و رایحه و طعمِ شیرینِ زندگی تو خواهد بود. بنابراین، با عشق ورزیدن پیشاپیش به پاداشِ خود رسیده ای. عشق ورزیدن تو را آزاد و آرام می کند. عشق ورزیدن به خودی خود ارزشمند است. اگر هر کدام از ما از موهبت عشق ورزیدن بهره مند شویم، دنیای ما دنیایی بهتر و زیباتر خواهد شد. از این منال که دنیا، دنیای دیوانه دیوانه است.

آری، تو درست می‌گویی؛ دنیا، دنیای دیوانه دیوانه است.

شکوِه و شکایت تو در این دنیای دیوانه دیوانه حادثه نیست. تسلیم شدنِ تو حادثه ای تماشایی نیست.

حادثه اینجاست: اگر دنیا، دنیای دیوانه است، تو همت کن و به آن معنایی ژرف و زیبا ببخش. تو می‌توانی در دنیای تُهی از معنا، معنای ژرف و زیبای خود را بیافرینی. بدینسان می‌توانی از جبرِ دنیای دیوانه دیوانه رهایی پیدا کنی. ممکن است کسی قدردانِ کار، اندیشه و احساسِ پاک و زیبای تو نباشد.